霜凝　著

霜凝（唐双宁）

+ 文化学者

+ 诗人

+ 画家

+ 散文作家

+ 书法家

+ 中共党史研究专家

+ 中央文史研究馆特邀研究员

+ 中华诗词学会顾问

+ 中国楹联学会名誉会长

+ 李可染画院名誉理事长

+ 曾长期从事金融工作，现主要从事文化研究与艺术创作

◎ 诗意丹青

◎ 叶嘉莹（左）与霜凝（唐双宁）

往者，不敢妄加评论，姚陵

◎ 先生大作正如东坡所为，自是曲子中缚不住者，不敢妄加评论。

——迦陵（叶嘉莹）

◎ 叶嘉莹致霜凝（唐双宁）的信

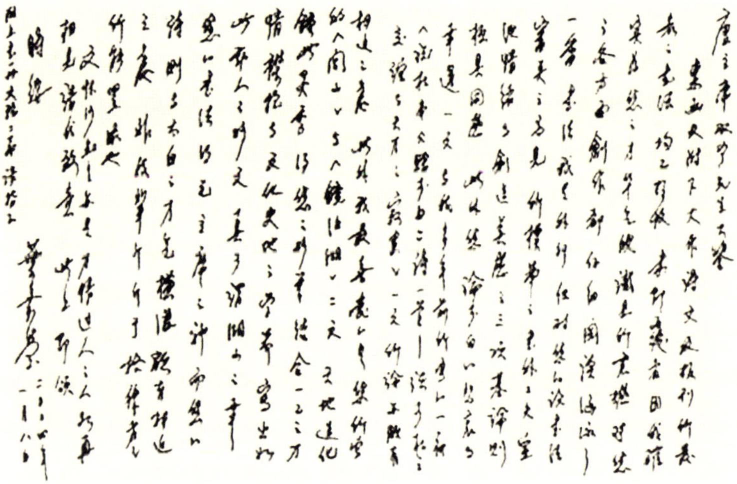

序一 | 叶嘉莹先生的信

庚子春创作格律诗百首曾请叶嘉莹先生指正，不日先生委托助理张婧教授发来邮件如下：

转来唐双宁先生近作《庚子春旧体诗百首》，我虽然视力减退，但也已经用数日之功，欢喜读毕。所憾者，百岁老人已经无能撰写新的序言。因思二十年前，在一次我为国家干部讲说"东坡词"时，唐先生曾经带病来听，其后,唐先生曾经将其诗歌及书法多种惠示。我对唐先生多方面之才华颇为钦仰，曾经写有一信，表示钦仰之意，现在拟将前信，做为其新诗之序言，内容如下：

唐主席双宁先生大鉴：

惠函及附下大作诗文及报刊所发表之书法，均已拜收。未即复者，因我确实为您之才华、气魄、识见所震撼。对您之各方面创作都仔细阅读涵泳了一番。书法，我是外行，但对您的《论书法审美》之高见，所标举之书外工夫、宣泄情绪与创造美感之三项基论则极具同感。

此外，您《论李白的悲哀与幸运》一文，与我多年前所写的一篇《说杜甫〈赠李白〉诗一首——谈李杜之交谊与天才之寂寞》一文所论亦颇有相近之处。此外，我最喜爱的是您所写的《闾山》与《镜泊湖》二文，天地造化钟此灵秀，得您之妙笔结合一己之才情、襟抱与文化史地之学养，写出如此动人之妙文，真可谓湖山之幸。您的书法得毛主席之神，而您的诗则与太白之才气横溢颇有相近之处，非我辈斤斤于格律者之所能置喙也。

　　文怀沙先生亦是才情过人之人，如再相见，请代致意。

　　此上即颂

　　时绥

叶嘉莹

二〇〇四年一月八日

（叶嘉莹，南开大学中华古典文化研究所所长）

序二 | 唐双宁的艺术世界

　　当今社会，人们大抵都有自己的专业，有本职工作，同时也不乏业余的爱好。业余爱好多种多样，甚至千奇百怪，只要健康向上，自然难分轩轾。其实，人也不能只有专业而无业余爱好，在很多情况下，业余爱好对于人的发展、对于本职工作，也会产生积极的作用。业余干出了名堂，有了成就，甚至会转变成为专业。也有这样的情况，人们所从事的本职工作未必是自己真正喜欢的，而业余爱好才可能是其真正的向往。这大概是人生际遇的复杂性吧。

　　唐双宁先生的专业是经济、是金融，他身居高位，肩负重任。他对中国经济的熟悉与研究、他的言论与见识，常常掷地有声，为业内所看重。同时他又有多种爱好，有一个丰富的艺术世界:他喜欢书画，其狂草和大写意、抽象画大气磅礴，独具一格;他经常写诗，新体旧体，皆有成就;他喜欢写文章，特别是那些隽永的散文，是心灵的独白;他对中共党史颇感兴趣，钦敬老一辈领导人，曾重走长征路，对若干史实多有探究。他的诸多爱好，属于文化艺术方面，也可以说是"游于艺"。游艺的结果，使他能享受艺术创造的愉悦，体味人生的趣味，促使着他心灵的滋养、精神世界的丰富，于他个人自是一种全面的发展;而他因所处位置及所从事工作的缘故，其胸襟、眼界、政治意识与大局观念，对他的艺术创作，亦生发着重要的影响。这样，艺术的爱好与本职工作不仅互不妨碍，反而相得益彰。

读唐双宁的作品，其实就是读唐双宁，就是增加对他的认识，我的这种认识，特以四首长句概括如下：

其一

丈夫不负此心丹，欲往何愁梁父艰。

画角一声惊健鹊，云霄万古仰韶山。

悃忱曾砥长征路，襟抱犹寻大汉关。

莽莽乾坤人独立，豪情依旧在登攀。

其二

胸有洪炉自铸镕，今犹负笈更丰充。

风云银海弄潮梦，叱咤生涯逐步功。

忧世当知啼鸟血，救时可见剖肝虹。

近年心力关情处，光大辉煌翘望中。

其三

文酒风流书亦芳，艺精更使逸情张。

淋漓砚墨意才畅，腾舞龙蛇笔已狂。

气壮助君游汗漫，力深使我忆苍茫。

霜凝最是惹幽蕴，拜览华篇须尽觞。

其四

此身真合作诗翁，且耸吟肩大野中。

天籁自成新旧体，尘缘不限马牛风。

钱塘潮急浪花白，完璧楼闲暮霭红。

一掬樽前感时泪，回肠最是祭周公。

郑欣淼

（作者为中华诗词学会原会长，故宫博物院原院长）

目　录

第一部分｜七　绝

霜　降

离雁声声翅未收，凭空抖落一天秋。

公平最是寒霜降，地上谁家不白头。

立　春

雪里梅花梦里身，东风衔月抖精神。

雄鸡未唱牛先醒，今日犁开满眼春。

唤　春

笔墨如何也唤春，心中景色四时新。

明天纵是春归去，了了春花不了魂。

清明之一

牧之①吟出杏花村，从此谁人敢赋言。

今日骚来方欲吐，未诗先泪断离魂。

① 杜牧字牧之，作"清明时节雨纷纷"诗。

清明之二

行清①最是怵依依，长念先人着素衣。

驾鹤仙游云霭暮，茕茕孑立不思归。

清明之三

寒食霏霏烟雨霏，苍天滴落泣沾襟。

今时犹忆他时梦，一寸亲恩一寸心。

---

① 清明又称行清节。

秋　思

拾叶沾来满手秋，落红遍地有人愁。
劝君莫把长天怨，风咀寒英两自由。

绘　秋

秋入愁肠九曲回，枝头黄叶怎堪哀？
如何留得伊人面，嫁与丹青不用媒。

秋　吟

西风长调正填词，细雨传情落叶痴。
枯柳寒蛩鸣有日，秋来人老好吟诗。

秋　荷

春风雨露含羞女，暑日池塘大铺张。
得宠红颜欺翡翠，秋来一样老珠黄。

家园秋景

酌酒楼头看雁回，西风抱月慢徘徊。
一园翠色秋衔去，羞涩金桐默默来。

寒　露

衡阳北雁过危楼，衔走苍天一片秋。
此去归鸿终有日，无边寒露白人头。

大　雪

胡笳夜半响三更，满地寒风户外横。
晨起推门皆雪染，原来白发最公平。

春雪慨叹之一

枯柳经冬老迈身，未芽便见絮飘频。
年高非是不知雪，偏要听从白发人。

春雪慨叹之二

老童执拗境无垠，说絮原为盼早春。

万物也知天授意，何时风雪且由人。

咏雪之一

琼枝素裹玉无垠，大地童心一片真。

从此不愁宣纸贵，江山有画我来皴。

咏雪之二

漫天素裹雪欺人，独有琼英不俯身。
已把暗香凝在蕊，老株更举一枝春。

牛年有感

谁言东水不能西，驽马长思再奋蹄。
好借丑年兄弟力①，童心阡陌老牛犁。

---

① 余属马。

画　牛

东方未白笔先耕，纸上传来曲一声。
画室牛犁诗满地，骚人泼出好心情。

画马兼辞旧岁

缥缈孤鸿又一年，乾坤斗室大神仙。
不知有汉桃源小，只管宣毫马踏烟。

秋日画马

红染层林雪染芦，屈陶李杜对天吁。

好诗都被秋吟尽，只好闲挥万马图。

画 马

一啸泼来天下马，践平素尺挣开缰。

谁言只有长安好，踏遍寰中尽带香。

画　荷

寒烟漫笼小楼纱，明月悠悠进我家。
欲将天人开并蒂，冰轮笔下种荷花。

梦中画梅

依稀昨夜梦寒梅，玉萼招人似雪猜。
只将芳馨藏在蕊，不如香到笔端来。

雪中画梅

猜想谁人夜又来，银装一片北风裁。

有言问我香何处，纸上梅花玉里开。

画室外冬竹

岁到冬临气色寒，风吹败叶老身残。

不知遍地堪何用，可做严台①一钓竿。

---

① 严台，严子陵钓台。

雨　竹

窗外明玕①沐雨中，风摇剑叶水蒙蒙。
借来洗尽千竿节，篁老虚怀更悟空。

月季之一

植来几树百花凰，月月殷勤竞吐芳。
昨夜东风调律吕，吹来耳畔可听香。

---

　　① 明玕即竹，陶渊明有诗"亭亭明玕照"。

月季之二

窗前一蕊竞风流，夜半偷偷欲探头。

敢在花中称帝后，晕红片片女儿羞。

桃　花

胭脂满面衬红腮，疑是东阳雪上来。

春半我倾三百盏，桃花脸上也能开。

报春花

曾疑金粟笑枝边，天寄春来第一笺。
不与东风争次第，黄葩小蕊俏依然。

周秉德女士发来照片有感

小草风吹绿染茵，西花厅外早来春。
芳名今已成归宿，雪蕊琼枝忆故人。

夜闻院中苦丁香花之一

玉轮翻过女墙来，百结玄辉对面猜。
未请便从窗口进，清馨慢品不需栽。

夜闻院中苦丁香花之二

翠满枝条萼满霜，碎银遍地夜风凉。
思来碧叶甘荼苦，只为花开十里香。

岸　柳

轻烟袅袅玉纱巾，倩影婆娑立五津。
湍水根深难撼动，随波花絮叹终身。

春　柳

烟霞初笼树条菁，枝吐鹅黄絮吐琼。
但见扶摇腰便细，一颦一笑总关情。

老 柳

抬首梢头眺楚津，东风催柳柳催人。
幼枝老干忧罹患，手掸戎衣愧望尘。

松 树

春风如线叶如针，缝补青山锦绣林。
莫怨今天颜色浅，霜欺便染绿罗衾。

荔枝之一

说来命运也蹉跎，一骑红尘议论多。
日啖幸亏三百颗，荔枝昭雪仗东坡。

荔枝之二

荔枝千里出韶关，户主银珠两有闲。
谈起心中多少事，只思苏轼不思环。

鹅

水巷天歌漱滟街，鹅池逸少两开怀。
白毛竞戏船无覆，红掌河边不湿鞋。

鹅 卵 石

当年也是势嵯峨，棱角分明脾气多。
谁料如今成蛋卵，蹉跎岁月不堪磨。

雨　伞

时收时放赖天谋，一纸阴晴两不愁。
命薄偏思争口气，雨中高出万人头。

旗袍之一

银线金丝巧织春，环肥燕瘦俏佳人。
琼衣霞染东风剪，梅蕊花开片片唇。

旗袍之二

蕊绽花香绣满针，人披粉黛玉披襟。
银根收紧弦如曲，便是无弹也有音。

旗袍之三

锦衣藏雪妙龄春，一袭缤纷有笑颦。
市集何时沽几许，可怜不是女儿身。

旗袍之四

疑是裙中脂带烟，和风伴动舞蹁跹。

婵娟玉骨天成梦，还思冰肌曲则全[①]。

聊城东昌湖夜色

水上蒹葭岸上枫，东湖夜半洗残红。

天钩欲把秋留住，银线清辉钓月翁。

　① "曲则全"系《道德经》中的一个观点。

金山岭长城秋色

日暮黄昏塞外凉，蜿蜒城堞满头霜。

秋风可扫不平事，红叶丹枫上垛墙。

香山红叶

霜降西山梦醒迟，清晨遥望玉逶迤。

秋风红步丹枫赋，李杜从今怯作诗。

富春竹①排之一

山中贬到水中来，簌影云光脚下泅。
试剪富春波绽蕊，一花分向两边开。

富春竹排之二

辞行绿玉旧时邻，一叶悠游少伯身。
欲弄钱塘风尽占，潮高百尺不沉沦。

---

① 竹又称绿玉，范蠡字少伯，萧山为钱塘富春
江界。

九寨沟瀑布

云空裂隙白烟虚，藏寨深山滚雪庐。

天远难鞭遗窟洞，女娲万古一时疏。

九寨沟五彩池

云池五彩舞蹁跹，却是深藏十万年。

汉武私将金屋筑，不知今日共婵娟。

宅诗之一

户牖偷藏别样春，厅堂心绿便如茵。

惠风一夜诗涂壁，老朽吟成不老身。

宅诗之二

宅居常忘日三餐，不吐骚词饭不欢。

小草多情还有瘾，春来也要向天钻。

忆去日观赏大连樱桃

玛瑙参差岭上栽，蹁跹翠叶费疑猜。

依稀不见佳人面，小嘴迎风努过来。

三一五维权日

忽然新绿上枝巅，一夜含苞树举拳。

墙角寒梅需日照，清贫草木也维权。

刷牙有感之一

别有身家小洞天，玉屏列阵齿搭肩。

仇雠环伺轻轻舞，横扫千军报靖边。

刷牙有感之二

银刷知人默默挥，边城堞垛便依稀。

燕然①若是狼烟起，尚饭廉颇请甲衣。

---

① 燕然即边关。

晨粥有感

手起银匙思请缨，沸腾粟米竞生情。
琼珠不是囊中物，晨点沙场十万兵。

李可染画院雪景口占

梅花遥望雪花开，耆艾常将白发猜。
为问如何年再少，丹青可染早春来。

剥鸡蛋壳感悟[1]

玉子蒸完剥掌心，如何解去甲衣衾。

蛋淋弱水柔相克，一理天人古到今。

果篮随想

心胸阔处尽收来，金果银珠将相才。

杜断房谋皆所用，大明宫上殿门开。

　　① 悟出煮熟鸡蛋后放入冷水中便可顺利剥皮。

晨起为画雄鸡口占

顶上生来自带红，稍啼便让日升东。

九州唤醒新天地，百岁长鸣别样洪。

老母为我理发即兴①

为儿颤手去愁丝，不尽胎恩日更慈。

跪乳羔羊双有幸，两头白发一心知。

---

① 老母为我理发，幸福无比，即兴一首。

大寒卧室品院中梅花

满园红萼不需愁，越是天寒越出头。

大雪隔窗餐秀色，暗香绕壁上高楼。

登长城

半卷云霄万里山，逶迤天外走雄关。

谁人更在雄关上，脚下长城信步间。

壶口上游

为流东海皱愁眉，一路逶迤出处悲。
立马横刀秦晋地，死生进退费犹疑。

壶口瀑布

金花玉蕾一天诗，百里犹闻万马驰。
若不人生临绝处，大名壶口有谁知。

新疆风光之一火焰山

猜想贪杯度玉关，燧人醉酒忘回还。
悟空纵有千般计，无奈连天火焰山。

新疆风光之二丹霞地貌

盘古开天第一功，可怜霞客玉门东。
不知西域青云界，胜过遨游外太空。

画秋思古

胯下淮阴马上侯，蒯通长恨未知收。
躬身自古艰难事，俯首拾来满地秋。

的 卢

本来贩履少人闻，死去呜呼一座坟。
陈寿缘何书史册，的卢一跃定三分。

立冬读《史记·李广本纪》

云里银钩借过来，北风箭镞二三枚。

对天一矢深秋落，长叹龙城射虎才。

昭陵六骏

千里黄沙万里疆，银枪铁甲小秦王。

世人只道凌烟阁，廿四雄蹄挺大唐。

天　马

渥洼太乙骥中龙，直上云霄抵九重。
秋雨嫦娥天滴泪，汉宫皓月两情浓。

赤　兔

炭火披身不解衣，青龙偃月走单骑。
一蹄镌刻传今古，武圣关公入史碑。

再画赤兔

赤兔荆州楚水横，不眠夜夜醒三更。

苍天尺素凭谁借，一跃关林到洛城。

李白命高力士脱靴

豪气冲霄不上船，宫中抑郁赋闲篇。

阉人一脱无羁绊，成就千秋大谪仙。

题靴履

子房意气彻云霄，博浪书生十字桥。

天上降来黄石履，一躬拾起汉王朝。

读苏轼《西江月·平山堂》

平山堂上两仙翁，相会闲谈万事空。

再转头时空忆梦，庄生莞尔笑人同。

读苏轼《念奴娇·赤壁怀古》

长吟两阕懒回眸，多少人争万户侯。

唯有苏仙成赤壁，山中余者葬骷髅。

再读苏轼《念奴娇·赤壁怀古》

阿瞒公瑾两英雄，滚落滔滔逝水中。

虾蟹不分谁胜负，嚼来一样味相同。

读苏轼《卜算子》

回望沙洲楚水边，寒枝燃尽夜无烟。
谁知天道能轮转，挂月疏桐缺又圆。

读苏轼《临江仙·送钱穆父》

孤帆淡月对红尘，盘点天涯逆旅人。
古井无波多少水，千年有节一秋筠。

围炉读林语堂《苏东坡传》

围炉冷暖两蹉跎，挂月寒光语不多。

风入书房能识字，也知千古是东坡。

读苏轼《定风波》

穿林打叶时时听，竹杖芒鞋走一生。

酒醒昨天今又醉，窗边风雨不需晴。

读苏轼《江城子·密州狩猎》

也曾西北射天狼，两鬓如今染雪霜。
太守云中皆往事，不劳持节遣冯唐。

读苏轼《纵笔》

愈是才高愈是痴，道人好意谪人悲。
藤床小阁依然睡，只管听钟莫写诗。

读李清照《声声慢·寻寻觅觅》

播下相思济水边，黄花细雨两茫然。

雁衔几点离人泪，涨满蓬山趵突泉。

飞赴天山天池上空

王母瑶池白日曛，一泓湖水撞游云。

风揉睡眼无相辨，玉雪蓝天画里分。

飞离天山天池上空

横空策马小池潭，莽莽天山掌上谈。

昨日销魂堪记忆，银波玉液醉人酣。

凭吊曹植墓

　常有朋友问余一生繁忙，哪有时间诗文书画。告曰：

　每临侪辈问光阴，解惑还从子建寻。

　绝命天来诗七步，他人八载不能吟。

生日读苏轼《沁园春·
孤馆灯青》

千端往事一词填，回首方知匪少年。
用舍行藏都过去，优游卒岁斗樽前。

步苏轼《题西林壁》原韵奉和

世人谁未困庐峰，但使心情各不同。
莫问如何真面目，横山侧岭有无中。

叶嘉莹先生归国执教四十周年

2019年作七绝一首并书八尺整张，参加南开大学叶嘉莹先生归国执教四十周年活动即兴：

一叶归根四十秋，风霜不觉染君头。

易安今日凭谁是，为有迦陵誉九州。

庚子春七绝十九首

望 月

月盘心事半空悬，天上人间两不眠。
欲借东风磨做镜，只为照到楚山前。

楚 水

春风向北别征鸿，雁信如何楚水通。
晓事冰轮圆缺转，心为箭镞月为弓。

植树节

大荒身重暖云轻，醒后崔嵬绿又生。

风动层峦摇翠浪，相思最是珞珈樱。

珞　珈

人瞅冰轮月瞅樱，云河楚水两相倾。

珞珈三月传音讯，可以相邀看落英。

梦　楚

枕上人眠月未眠，偷偷倚到小窗前。
当班漏问因何事，不日东湖将泛船。

春分之一

独饮云华避画楼，隔窗又见小银钩。
相邀今夜同观景，一半春分一半留。

春分之二

推牖奔来景致新，心头荒垄绿成茵。
东风纤手真真巧，裁出前春与后春。

春分之三

一春为甚两边分，夜半悬弓话逸闻。
对品茗香无限意，参差楚土可耕耘。

春分之四

暄风除疫赋骚词，且有春分喜上眉。
从此天天吟绝句，满园小草长成诗。

悼念疫难同胞

无情风雪有情梅，缟染江城默默哀。
几点红花开泣血，离魂三望欲飘回。

为疫难同胞送行

皓雪今年别有情，蹒跚飘入汉阳城。

寒梅无语花开素，送到江中再一程。

油菜花

黄葩金甲万兜鍪，不与群芳比势头。

田陌风吹听呐喊，专为荆楚唤加油。

桃花之一

刘郎莫说去时栽，总是红颜雪中来。
愿与樱花成姊妹，今天便向珞珈开。

桃花之二

闻听陶令梦桃林，红雨缤纷片片心。
夹岸溪行唯自乐，如今多少是知音。

叹　柳

当年也是壮儿身，烟霭尊为座上宾。
根老今天无腿力，寄情飘絮到襄津。

喜闻北京市突发公共卫生事件
由一级响应降为二级兼咏口罩

素罩情深却疫灾，清风送与喜音来。
不堪百日无颜面，晓事梅花脸上开。

送春之一

熏风尽落泪中槐，顶上何由也染灰。
春去明年君又见，庚如流水逝无回。

送春之二

岁逐春光几日回，昭关白发楚人来。
丹青不老神仙药，心绾垂髫似小孩。

写诗杂感

宅家闲度日如年，便涌骚情趵突泉。

只是篇篇需醉酒，一杯一饮一诗笺。

玉兰花

一

千枝吐雪万人倾，风舞辛夷别样情。
一曲霓裳云拭泪，贵妃化作玉兰生。

二

雪化香消总有时，乐天长赋悯人诗。
马嵬今日无须觅，百媚回眸白玉痴。

酱油瓶坠地呈抽象画口占

银瓶乍破响高楼，胜过砸缸司马牛[①]。

顺势泼来图一幅，东厨别有大江流。

西花厅海棠花

又到清明倍思君，海棠已是泪纷纷。

满园红绿空依旧，老干银枝一树勋。

[①] 传苏轼与司马光争论时称其司马牛，非指孔子弟子之司马子牛。

读柳宗元《江雪》

永贞事业水东流，雪染千山鸟白头。

万径无言谁与吐，一人独钓一江愁。

春游闽江

春水无言默默流，闽风堆满小兰舟。

江中落下天中月，为看人间有福州。

无　题

凝眉老树历冬秋，飞雪曾经白了头。

晓事春风潜入院，花香鸟语又重游。

晚　餐

翡翠黄瓜碧绿光，仙茄紫气荡人肠。

琼浆玉薯红须麦①，百日犹闻齿带香。

---

① 玉米又称红须麦。

秋　枫

生来本是绿罗衾，羊角扶摇借力吟。

碧染长空天地爽，香山披甲一身金。

国家博物馆参观月壤

寂寞嫦娥夜夜愁，离人目断望神舟。

天凝桂殿①相思泪，昨日捎来土一抔。

---

① 萨都剌有诗：桂殿且留修月斧，银河未许度
星轺。

减　肥[①]

莫笑当年楚女痴，春风吹瘦柳条枝。

老身几度频重组，飞燕廉颇未可知。

立秋画荷

日月无心转动忙，一年又别夏时光。

韶华世上同长短，独有芰荷泛墨香。

---

① 为近日体检，"三高"指标一扫而光作。

秋　分

凉满庭园夜满楼，霜天白发使人愁。

西风已把秋摇断，半是依依半是留。

投　篮

未到中秋月不圆，婵娟寂寞有谁怜。

廉颇小试仍能饭，一掷扶摇上九天。

步王维原韵为
"阳关三叠 · 李可染画院——
唐双宁百幅捐赠作品展"题

京城秋雨浥轻尘，画阁开颜气色新。
可染丹青成美酒，抬眸是处醉伊人。

谈　诗

百事人生经历后，引为一快赋诗词。
莫言唐宋人人咏，无语回眸孔子悲①。

————————————

① 子曰：不学诗无以言。

无　题

沧海茫茫悟到今，涛声霹雳静无音。
风幡谁动天来问，未有风幡未有心。

庖丁解牛

同为天地一生灵，乐舞桑林魏惠听。
奢侈人间多欲望，无私筋骨解庖丁。

观　冰

秋风池水皱眉头，吟做波声默默流。
一夜冬来真剔透，了无心动了无愁。

四川夹江纸厂体验生活

赵括曾谈纸上兵，夹江今日始躬行。
一张薄面心宽厚，大事临书可寄情。

读苏轼《望湖楼》诗

白雨乌云乱入船，风吹雾散水如天。
望湖楼上多翻覆，苏子闲吟气万千。

三峡大坝开闸放水

高峡平湖百舸疏，大江日照紫烟虚。
闸开非是千堆雪，白发昭关伍子胥。

第二部分｜七　律

黄　河

率性黄河天水降，昆仑提斗向东流。
宣铺大地能图画，乐奏狂涛可放喉。
随意挥来皆是景，纵情洗去尽为愁。
功名不计终归海，从此修来大自由。

杏　花①

东风吹醒漫阑干，杜牧诗声酒里弹。

长沐韶光芳蕾照，曾淋愁雨玉英残。

凋零休作无情恼，及第应为得意欢。

山路嵯峨常八九，甘果细品也含酸。

---

① 杏花又称及第花，唐代诗人郑谷《曲江红杏》
有"女郎折得殷勤看，倒是春风及第花"句。

茶　树

慢从百树解人生，不羡群芳意气平。

薄命红颜黄土去，无名碧叶锦桌行。

竹间浸泡东坡饮，林下摇青陆羽烹。

甘苦此中谁品味，桐城尺巷任君评。

京城春游

春风揭去旧桃符，天也开怀地也愉。

后海平湖镶玉镜，前门高阁挺银躯。

呼来太白何愁酒，惊醒东坡叹缺觚。

宋斗唐觥杯太小，一尊什刹举屠苏。

避　暑

暑月京城地若煎，多情林海爽高天。
苍松放胆风吞雾，绿草收魂水笼烟。
此景有人皆释子，斯情无处不神仙。
青山一卧真高士，修得清凉大乘船。

为皇城艺术馆画展急就

未见经冬盈尺雪，忽然琼玉满皇城。
华堂展画劳形貌，阆苑开颜动色声。
再造子房为履叟，长陪太白是丹生。
春风煮酒千杯醉，好作明天纸上耕。

老树之一

经冬小苑叹荒芜，尤念残枝老迈躯。
隐约芽尖春入萼，悄然干上气吞株。
汉升雪鬓军山定，继业金刀宋室扶。
齿岁岂能天计算，期颐一样不心枯。

老树之二

嫩条修到百年枝，皱面舒眉为赋痴。
雨打残花留胆气，风摧弱柳断肠诗。
新词霜月凝成我，老句沧桑和与谁。
一叶梢头寻紫燕，寄言李杜便相知。

观　雪

凭栏放眼谁人至，瑞雪横空舞兴痴。

大度撒银天降宝，小心铺絮地凝脂。

满城玉裹惊无路，遍地梅开喜有诗。

知晓前边春不远，闲来细算是何时。

雪中思

晨思夜半柴门响，原是寒流敲打频。

雪覆小园悲白发，风飘旷野喜佳人。

通衢有意涂胭粉，大地含情裹素巾。

从此不愁宣纸少，挥毫一任到无垠。

迎元宵念嫦娥

将逢元夕对天呼，挂念嫦娥只影孤。
爆竹烟花千里树，生宣墨朵百张图。
风云一奏悲欢曲，日月双弹大小珠。
唯恐世间楼价起，没钱后羿可先租。

迎元宵欲登月

美酒春风一百杯，婵娟梦里共徘徊。
眼开窗雪先堆玉，人醉桃花早上腮。
曾问吴刚何日去，也猜娥女几时来。
冰轮欲探新奇事，只怕天车不返还。

081

元宵赏月

寒宫天上生情绪，时缺时圆转动频。

问月东坡身两地，举杯太白影三人。

银钩修到今宵满，桂树栽成又日新。

十二盈亏弹指算，细思还是首轮亲。

读苏轼《赤壁赋》

苏子霜凝梦里筵，叩舷舞瓾两无眠。

曹瞒老骥诗横槊，公瑾英姿火纵船。

江上唯余风浩浩，山间只挂月翩翩。

吹箫把酒青天问，哪个人生不缺圆。

读苏轼《念奴娇·赤壁怀古》

苏仙对问玉堂宫，学士屯田有不同。

红板女郎杨柳岸，铜琶莽汉大江东。

一词豪放心中气，两赋淋漓笔下风。

从此黄州多赤壁，乌台成就子瞻公。

读李白《将进酒》

李白休言有水来，休言到海再难回。

难回缘只干三百，能复应需饮万杯。

寂寞圣贤呼美酒，开颜仗叟酿新醅。

余生长共金樽乐，醉后鼾如动地雷。

再读李白《将进酒》

举罢金樽气贯天，初行击柱便茫然。
太行纵雪增高岭，河水横冰阻大川。
盼有长风能破浪，叹无沧海可乘船。
激情最是书生意，歧路条条不见边。

三读李白《将进酒》

大名百代冠诗仙，举目从来不看天。
落笔惊风骚滚滚，回肠陈酿腹便便。
长安直见杯中酒，臣子斜瞧圣上船。
便是无醅人亦醉，岂能仕宦少疯癫。

四读李白《将进酒》

哼歌自比楚人狂，宦路初来便撞墙。

霓曲一词宫内赏，清平三调域中扬。

春风梨树偏开蕊，冬雪梅花硬放香。

贬抑非因高力士，无辜更是玉琼浆。

五读李白《将进酒》

莫将陈王入曲笺，东阿昔日最堪怜。

植肠百尺杯三百，白马千金斗十千。

仗义友朋无愿醒，失情萁豆也相煎。

伤心不读渔山赋，尽兴长吟劝酒篇。

翰海忘情

满目素宣谁把弄，天挥翰墨写苍穹。

书临密处风难透，意到疏时马易冲。

明月飘游沧海外，浮云气贯九霄中。

且荣且辱随它去，无我无人一望空。

松花湖

神山有酒借天垂，流入松江水皱眉。

明掘前衢澄澈路，私藏后院小醪池。

换裘太白思沽取，横槊阿瞒欲劫持。

骤起风波湖怒吼，霜凝来早尔来迟。

迎　雪

朔风折草乐声频，银粟纷纷舞玉身。
子厚寒江蓑笠雪，润之塞北沁园春。
诗仙墨笔夸如席，老朽丹心奉若珍。
放眼漫天堪咏唱，相期毕竟是佳人。

挥毫自描

血气如流泻笔端，心河九曲任蜿蜒。
毫锥裂岸雷霆滚，尺素挟涛紫电穿。
志在八极无酒醉，神充五内有人癫。
游魂已附龙蛇去，忘却霜凝诞哪年。

赏自画梅

二月寒梅九月枫，参差品味不相同。

凭霜染顶千株火，傲雪清心一滴红。

驿外独愁开寂寞，桥边群妒碾穷通。

泥尘莫怨无人赏，对画依依劝放翁。

京城眺闾山①

每忆家山不入眠，遥从虞舜镇幽燕。

长空石簇峰擦月，斜岭梨烟水接天。

云影横分堂②一半，松声纵入树千千。

岁临今日常添梦，抬眼楼台几度穿。

---

① 闾山自虞舜起便封五大镇山之北镇之山（另有
  南镇会稽山、东镇沂山、西镇吴山、中镇霍
  山）。治所北镇自古称"幽州重镇、冀北严疆"。
② 堂，指闾山耶律楚材读书堂，堂在山中破云
  为半。

闾山万年松^①

绿茅炫耀四时新，铁骨琼针万岁身。

头上横缠青蟒尾，脚边纵卧黑龙鳞。

峥嵘老态情犹烈，苍翠华姿雪更茵。

本就群芳雄一片，又临绝顶气无垠。

---

① 故乡闾山有景万年松，少时初见今记忆犹新。

齐白石故居托梦

昨夜无眠漏有声，依稀老者梦三更。

几间庐舍需添瓦，数步街邻可拾英。

艺苑从来千蕊放，文章自古百家鸣。

临行一一捎祥瑞，最是拈须问李庚①。

---

① 与齐白石故居百步为邻。李可染请齐白石为
幺子取名，言庚时生，遂名李庚。

谷 雨

星移斗柄^①到东南，阡陌开怀水汽含。

淫雨绵绵因百谷，绿萝^②默默为春蚕。

满城怒绽居家赏，居室空闲面壁谈。

李白来函今又醉，粗醅只好一人酣。

---

① 北斗七星，斗柄东指为春，南为夏，东南正
　是谷雨时节。

② 绿萝，桑叶。

立 夏

岁逢立夏日抻长，暑气偷翻小院墙。

池里蛙鸣春已走，帐前蚊扰热尤狂。

淮阴胯下当需忍，西楚江边莫逞强。

为问清风何处是，思来心静自然凉。

庚子七律二十二首

忧全球疫情之一

频传羽檄小球危，独锁家门面壁痴。
书似青山常乱叠，灯如红豆遍相思。
云缠高阁天来赋，雨打西墙地落词。
砖石生情忧作句，一楼土木一楼诗。

忧全球疫情之二

八百军书快马投，老身无睡对天忧。

城坚东土方驱虏，辙乱西天又失洲。

货殖频传熔断剧，黎民困锁死生楼。

霜凝只惜难披甲，鲍照长吁击柱愁。

宅　吟

初来正月便居家，每每抬眉望海涯。

点点寒梅簪露朵，丝丝春柳起烟霞。

汤盘周鼎爬蝌蚪，宣纸羊毫走蟒蛇。

日日饮他千盏酒，杯杯对楚梦蒹葭。

庚子惊蛰

惊蛰春风笼万家，山披阳气水披纱。
雷行天裂江吞雨，耜走田开垄吐芽。
新柳将飘新柳絮，老杨欲放老杨花。
不知何日龟蛇醒，云梦湖边共晚霞。

春　酹

岁逢庚子不春回，把酒唏嘘酹十杯。
怀古东思甘露寺，忧今南望楚王台。
鹤楼依旧参天立，荆土仍然缩地来。
汉水生情风叠浪，隔空凭吊一江哀。

庚子三月

本来三月踏青时，无奈风吹水皱眉。

郭外花鼙闲万朵，院中梅叹剩孤枝。

驱魔盼有专诸剑，逐疫哀无博浪锥。

胸臆今天关不住，拍栏长吐对天诗。

春　风

春风得意自天梳，却是扶摇有疾徐。

塞外飙长松黛浅，江南风细柳烟虚。

沐熏去岁天如意，盥栉今年地不舒。

飏到东湖除疫乱，龟蛇早日不分居。

赠白衣天使

春风早起倚栏吹，人醒床头柳醒枝。

东望吴霞红似锦，南思楚雨细如丝。

谪仙纵笔横千首，崔颢登楼霸一词。

借问大江谁伯仲，白衣无字赋新诗。

赠白衣天使

风有源头雨有因，年逢庚子画梅频。

临寒最羡孤中美，处暖尤钦淡里真。

拗相独开花馥馥，逸公①尽占叶蓁蓁。

丹心都为红千朵，开向江城带甲人。

———————————————
① 逸公：宋隐逸诗人林逋。

仲春晨思

昨夜敲门到仲春，天勤地醒一时新。
东风城外梳青柳，绿浪湖边映碧筠。
武帝曾经开百越，韩侯更是卷三秦。
老来愧我无多用，南望长思汉水人。

春日抗疫感怀

小院东风送绿茵，树梢闹出几枝春。
便听紫燕言楼宇，又想鸳鸯戏水滨。
有意枯棋消永昼，无心美酒赏芳辰。
斯时尚有清闲日，黄鹤楼台未歇身。

念疫中宅居父母

朝阳生暖草生频，不觉天生一院春。

正是作诗新景色，又为填赋好时辰。

踏青往夕开心日，避疫今年寂寞身。

对镜青丝趋见白，更思白发早来人。

庚子春节

春来荆楚肆邪风，请命方思解甲翁。

策后张昭难再仕，权前黄盖即称雄。

一衣素裹千堆雪，十字梅开万点红。

自有周郎横赤壁，宅家便是第一功。

庚子雨水

天有轮回地有生，东风早起漫千城。

放翁入巷听春雨，子美随风品夜声。

有燕曾经迎竹友，无莺不再别梅兄。

今年雨水天增泪，洒向荆州尽是情。

北镇梨花节之一

天河洒水泻银光，欲借琼钩望故乡。

人自晏殊①知院落，我从梓里嗅梨香。

世间百果山樆②凤，地上千花淡客③凰。

独坐京城明月夜，双眸带雨滴腮凉。

---

① 晏殊有"梨花院落溶溶月"句。
②③ 山樆、淡客古时指梨与梨花。

北镇梨花节之二

芳菲季月有谁吟，便使长风唱到今。

溢满峰岚香雪海，遍开大地白花林。

孤欢小杜①凭栏梦，寂寞香山②带雨寻。

唯我多情堪告慰，一天梨蕊一天心。

①② 小杜、香山即杜牧与白居易，均有梨花诗句。

北镇梨花节之三

清客琼花①各短长，梨君素萼一身香。

晶莹玉美多柔媚，馥郁兰馨不狷狂。

愿与春风初女嫁，坚辞夏日冠芳藏。

只因避疾今留憾，拍裂阑干怅断肠。

---

① 清客、琼花即梅、雪。

牡丹之一

传说昭仪妒牡丹①，雨中上苑泪中欢。

仍然夺目霞千片，依旧凌风绮一端。

晓贮神都春华艳，宵倾洛口月光寒。

花魁岂是人来定，岁授天香第一冠。

---

① 传武则天因恼恨牡丹未遵旨开花而将其从长安上苑发配至洛阳。

牡丹之二

遥望悠悠洛水滨①，残红酱紫百花新。

飘来一地胭脂雪，落下全城锦绣尘。

天上有香能盖世，国中无色可为邻。

只愁避患难欣赏，何日能还自在身。

---

① 洛河古称洛水（今称南洛河），洛水滨代指
今南洛河畔洛阳。今陕西另有北洛河（现称
洛水）。

清明悼罹难同胞

燕水长连楚水悲，凭栏默默涌相思。

巫山烟淡胞人走，仙岭钩明野鹤骑。

宇内半旗降四海，域中低乐传天涯。

炎黄在上同儿女，叫我如何不泪垂。

网购理发剪有感

宅发愁长野草丛，游丝百尺叹飘蓬。

镜中懵懂孤鸿影，眉下茫然比目瞳。

欲策良谋堪再少，且沽神剪思还童。

他年练得毫端技，便是人间顶上功。

云梦泽（于武汉解封时作）

大湖襟抱向天开，地展星罗十万枚。

华夏一盘同布阵，荆襄千里共排雷。

连波楚水西江溯，接脉巫山北岭来。

云泽唏嘘情一盏，龟蛇泪雨祭三杯。

第三部分 ｜ 五　绝

书狂草百花迎春

莫问心头痒，原来久未狂。
一挥春乍醒，泼出百花香。

咏　月

天上独徘徊，烟云锁未开。
婆娑风送钥，美月蹁跹来。

第四部分 | 五　律

雪夜作画

夜半柴门响，寒风叩打频。

小园悲白发，旷野喜佳人。

俯首千般素，抬眸万里真。

催人生兴致，墨舞不知晨。

咏　春

最是心欢日，忧怀别去时。

今朝迎报早，明日盼离迟。

昔汝知何处，长寻尔不知。

忽传春欲住，原是念人痴。

悬崖垂冰有感

有山皆向上，无月不登楼。

俗欲争高下，清心看去留。

冬寒冰骨硬，春暖水情柔。

洁本凭天定，垂悬也自悠。

第五部分 | 词

忆江南·黄果树瀑布

天开裂，娲女一时疏。万尺悬空连月水，千年垂瀑泻银渠。光照紫烟舒。

渔歌子·乌骓

纸上蹄声笔下风，声声泣血染长空。垓下鬼，楚家雄。乌骓魂骨不江东。

忆王孙·庚子夏至画荷

　　本来夏赏绿莲池，却是居家闲赋诗，人锁楼中愁锁眉。正犹疑，菡萏微风纸上吹。

浣溪沙·小雪

　　暮色冬云挽落霞，远山明灭隐天涯。风梳小雪浣烟纱。　　野火离离原上草，寒风岁岁玉中花。围炉酌酒待春芽。

浣溪沙·风雪

一夜梨花开五更，北风不睡撒寒琼。床头早月两难明。　　雪覆天人成白首，风吹尺寸是功名。瑶琴弦断几人听。

浣溪沙·二〇二一元旦夜吟

元夜寒风凤尾琴，乌犍你我两知音。如何有月不相吟。　　莫叹真情无处觅，为将肝胆此间寻。一牛犁得百人心。

浣溪沙·二〇二一元旦置酒画牛

院满桃符酒满樽，春风白雪玉缤纷。屠苏一盏举新春。　　去岁瘟灾狂肆虐，今年画叟抖精神。一犄掘掉小虫根。

浣溪沙·立秋

睡眼初开方五更，精阳无意与人争。秋来解绶一身轻。　　禅让非为成帝舜，赋闲却是做渊明。东篱把酒好心情。

浣溪沙·白露作画

白露银珠滴月光，蒹葭顶上渐苍苍。青丝怎奈已先凉。　　岁月无情催我老，丹青有意使人狂。一挥横扫满头霜。

浣溪沙·为百米画马长卷填

去岁菊英今又黄，群山晚照落残阳。霜天寒露北风凉。　　秋水不怜枯树朽，清辉可染少年狂。壮心老骥马蹄昂。

浣溪沙·观雁阵

雁叫声声叶正黄，有情秋水泪无行。寒芜不语也心伤。　　把酒林中风快意，弄弦月下曲悠扬。天生白发少年狂。

浣溪沙·读屈原《离骚》

每到端阳忆楚臣，梦中南眺汨罗滨。纵身跃水水成仁。　　岁岁凡身谁不死，茫茫大地草长茵。诗骚浸入泪人魂。

浣溪沙 · 中秋读

苏轼《临江仙》

长盼此身不系舟，余生江海却人愁。
縠纹平处任漂流。　　倚仗心头升满月，
迎霜顶上染中秋。西风美酒醉云楼。

浣溪沙 · 中秋读

苏轼《水调歌头》

每唱中秋水调歌，圆时恨少缺时多。
秋风玉镜不堪磨。　　素影冰轮相思洞，
金桥银鹊忘情河。浣沙流水向东坡。

摊破浣溪沙 · 冬至

今夜三更格外寒，算来天意已冬残。回首平生多少事，指轻弹。　　瑞雪徐徐铺大地，春风缓缓漫阑干。旧日衰荣行渐远，画楼欢。

摊破浣溪沙 · 画天

倒展生宣好画天，白云列阵朵如棉。漫步秋风谁与共，雁擦肩。　　地有渔人方论晋，天留陶令正耕田。说甚有无凭酒量，醉成仙。

点绛唇·寒露夜思

寒露琼珠，可怜点点多情泪。月光如水，更是添凉意。　　鬓雪依稀，总忆平生事。人不寐，绿摇红碎，依旧秋风醉。

点绛唇·处暑

知了声声，渐行渐远池边树。断音残句，留作痴情诉。　　暑去秋来，又是风光处。凭栏赋，与谁倾吐，诗画人生路。

渔家傲 · 芒种兼忧全球疫情

淫雨绵绵天裂缝，残烟缥缈熏风动。最是今年阡陌痛。瘟神弄，桑麻惆怅人沉重。　　四海疫劄悲与共，玉盘恰似相思洞。心事一楼谁寄送。愁难控，耕云锄月忧心种。

相见欢 · 中秋忆光大十年

匆匆一梦床头，又中秋，十载心头多少喜和忧。夜难寐，婵娟泪，未空流。堪慰终圆顶上小银钩。

相见欢·立冬

无情最是冬来，与谁哀，昨日金枝弹指卷尘埃。更无奈，天如盖，雪皑皑。白发青山长叹已头白。

浪淘沙·晚秋

凉雨泪琵琶，弹尽芳华。乌云低首对寒鸦。暮色青山无语去，秋老天涯。　　落日有余霞，玉罩篱笆。金辉五柳①护篱花。黄叶红英风醉处，曼舞罗纱。

---

　　① 五柳即陶渊明。

诉衷情令·霜降

一天秋色正多情，雁叫送悲鸣。西风遍纺萧瑟，露结又霜横。　　霜万里，覆千城，染头缨。唯忧心染，心未寒萦，便放诗声。

如梦令·重阳

霜染童心银叟，独对茱萸邀酒。置酒又登高，欲拽斜阳击缶。　　击缶，击缶，击绿心中春柳。

如梦令·冬夜画春

尺素舒开眉皱，人醉不闻滴漏。泼到忘情时，纸上东风春又。　　春又，春又，最是尽欢时候。

长相思·无题

浪花愁，苇花愁，风染琼芳白了头。光阴似水流。　　雪登楼，人登楼，大地铺开皴九州。小舟诗画游。

卜算子·题画

吾辈生人间，几欲寻仙境。多少峰岚多少烟，缥缈浮佳景。 山水话缘由，端赖深情永。嫁与丹青不用媒，便是心中影。

卜算子·春节作画

喧闹爆竹声，寂寞寒窗冷。泼出心中五彩屏，自对孤鸿影。 泼到忘情时，心画同驰骋。不觉三更至五更，已入无人境。

卜算子·小暑读宋玉《风赋》

溽暑又推门，举目寻空穴。莫论来风雌与雄，颊汗无情泻。　　华叶气徘徊，起自青蘋末。蕙草人间北玉堂，陋巷同凉热。

渔家傲·荷塘

百尺楼台人举目，一床草暖氤氲缛。大暑荷塘风踯躅。谁人浴，碎金泛起鸳鸯足。　　翡翠千重天送绿，红苞一茎塘擎烛。心束清风金缕曲。傲然独，泥中守到身如玉。

渔家傲·园中入夏
百花谢去独开月季有感

粉黛园中来次第，迎春花蕊①黄金碎。灼灼玄都红颊媚。株生忌，牡丹争宠天香魅。　　不日空留悲满地，回眸不过东风戏。雨打枝枝都是泪。关山坠，花开月月男儿愧。

①　花蕊夫人有诗："君王城上竖降旗，妾在深宫那得知。十四万人齐解甲，更无一个是男儿。"

苏幕遮·鹤发童心戏

白云帷，烟雨泪。春色无言，暗惹青山媚。一夜东风迎面翠。芳草连天，芳草连天慰。　　绿衔空，红染地。胸内丹青，笔下关河魅。无酒樽前人自醉。鹤发童心，鹤发童心戏。

苏幕遮 · 把酒东篱赋

　　月无言，风欲诉。洒下银光，回放人生路。往事眉前烟色暮。皆是闲庭，皆是闲庭步。　　雪霜凝，诗画吐。块垒消融，好做明天渡。最是南山飞鸟遇。把酒东篱，把酒东篱赋。

诉衷情令 · 梦游

春风夜里上高楼，步履迈轻柔。更残漏断摇醒，梦境忆沉浮。　头渐雪，志难酬，再重游。醉挥心事，画海横舟，一扫前愁。

丑奴儿 · 读辛词

当年尽识愁滋味，欲上层楼，欲上层楼，俗务平添次第愁。　如今不识愁滋味，诗画闲游，诗画闲游，乘兴三杯酌玉钩。

菩萨蛮·白内障手术

　　东风逝水无情去，周郎长叹谁能与。双目笼轻纱，举头不见家。　　华佗排魍魉，只眼思抽象。弹指病魔除，等闲尽画图。

诉衷情令·六十三生日抒怀

　　匆匆花甲又三秋，枕上懒回眸。未知是否虚度，却是雪欺头。　　东逝水，向谁求，再西流，不翁心境，假我重游，可有层楼。

沁园春·画奔马图兼读潘阆《酒泉子·长忆观潮》 ①

举日擎云，裹电挟雷，倒海提峦。叫涛高百丈，飙狂千里；挥来东海，直指西天。气撼苏杭，势吞吴越，雁荡惊惶不称山。声声唤，有钱塘倒立，无见坤乾。　　岂容卧侧人眠，弄潮汉执旗退巨澜。传堆星垒月，金汤倒灌；拱天接地，城堞垂悬。进退何方，两难玉瓦，滚滚来潮谁与叹。罢罢罢，纵身亡珠碎，迸泪长弹。

---

① 出差杭州，旅舍钱塘，憾江中无潮。前夜半回京，晨读潘阆弄潮词，闻涛声如蹄声，作长卷奔马图。又，今钱塘江大潮分一线潮、回头潮。回头潮，乃人工大坝横空出世，桀骜潮水触之顷刻珠碎，故填。

沁园春 · 春吟（新韵）

　　梅隐何方，花居哪里，香气怎寻，看婆娑帐中，似无似有；遍捉不见，日日逼人。波复一波，浪叠一浪，参差冲来次第春。却原是，有东风晨起，乱叩柴门。　　从来冷暖乾坤。谈笑间争先泼绿茵。趁早春初到，洗尘把酒；一杯一唱，一举一吟。吟不足兴，且喝且舞，喝断愁肠舞断魂。醍醐处，笑何为万物，万物何存。

沁园春·草原寄情

大地苍苍，旷野茫茫，翠草白羊。看无垠碧浪，倚天作岸，清风梳绿，烈日投荒。悦耳胡琴，离弦赤骥，蹄带归花马踏香。忽长忆，叹雕弓犹在，换了时光。　　当年无尽沧桑。有谁辨他乡与故乡。且红楼一梦，余音好了，阴山如脊，往事如霜。尘土功名，东流敕勒，何若南华乐未央。穹庐下，盼魂归四野，休论皮囊。

沁园春·眺零丁洋（新韵）

一眺零丁，再眺零丁，泪雨涕零。竟眺穿八百，当年回梦，狼烟万里，胡虏千旌。破碎家山，凋零汉地，是处勤王起义兵。终无奈，叹无辜累卵，树倒巢倾。　　春秋淘尽群英。有七尺还需大浪称。看九天悬镜，分明玉瓦，最求一死，只怕偷生。竹劲唯节，丈夫唯气，节气尊严一世名。天公证，若金瓯再碎，定冠头缨。

沁园春·三门峡大坝泄洪有感

呼啸西来，盖地铺天，万里马嘶。却横天一坝，迎头矗立，忽闻四面，故楚歌吹。末路英雄，佳人相对，垓下凄凄泪别离。抬双眼，任平湖如镜，忍做摧眉。　　说人且莫伤悲。昔勾践柴薪尝胆时。聚江东子弟，三门解锁，千堆白雪，大浪如狮。落叶西风，旌旗漫卷，横扫中原事可期。凭韬晦，若包羞忍耻，便是新碑。

沁园春 · 德天瀑布

百转千旋，叠嶂层峦，万籁俱凝。忽天来雪练，飞珠溅玉，横空帛裂，长野雷鸣。尾扫天根，头垂地角，瑟瑟群山云汉倾。青梅煮，看云长腿抖，翼德心惊。　　精英虽是精英。叹空唱高山流水声。憾子期已死，孙阳无觅，谁人知晓，荒岭埋名。百丈天流，愁成白发，入海前行万仞横。终无奈，化一樽美酒，送与刘伶。

满江红·迎春（新韵）

梦醒时分，开睡眼、奔红扑绿。寻觅处，几声嬉笑，竟闻春语。千里枯杨愁又喜，万条冰曲流白玉。更有那、叠嶂罩青萝，朝天举。　　思去岁，寒雪聚；曾记那，冰霜屡。而如今却是，杏花飞雨。唯怕时光仍似水，唯忧又是春心旅。问谁人、能劝汝长留，丹心许。

调笑令 · 狂草

愚以为此词最难填之，不揣浅陋，贻笑大方……

狂草，狂草，狂到地斜天倒。风疾风乱摇松，纸上纸下舞龙。龙舞，龙舞，一笔荡平秦楚。

江城子·悼亲人

　　杜鹃啼血一声声，为谁鸣，到清明。独眺东陵，素缟掩悲情。滴滴雨寒知我意，心欲碎，泪如倾。　　苍天望断白云横，送精英，远人行。遥想当年，幕幕放回程。身在京华难自已，花一束，寄深情。

渔家傲·读《春江花月夜》①

鸿雁长飞遥索句，醉中正读唐人赋。搜断枯肠无思绪。愁不悟，江月流霜人便渡。　明月飘飘闲漫步，倾天绝色银光路。滟滟悠悠人共慕。衷情诉，此心便是朝朝暮。

---

① 正读《春江花月夜》，友人索句寄语。

渔家傲 · 庚子春风

恰似有人牖外蹑，盈盈步履丝丝弱。座上闻听惊错愕。掀帘幕，红黄几个枝间落。　　四面匆匆庭院索，拟邀共赏清平乐[1]。可否樽中相品酌。轻轻掠，回头一别身飞鄂。

　　[1]　时正热播电视剧《清平乐》。

第六部分 | 古风

周总理逝世三十周年祭

料得年年断肠日，定是岁岁一月八。

今日人人肠更断，总理一去三十年。

今日断肠更断魂，三十年来不归人。

三十年来挥不去，唯有总理长相忆。

长忆总理在身前，三十年来不曾眠。

长忆神州十亿心，十亿人心谁最亲。

十亿人心忆总理，长忆绵绵谁堪比。

十亿人心忆恩来，长忆悠悠悲满怀。

最忆当年痛失声，神魂无主大厦倾。

最忆当年乐低回，神州无人不泪垂。

最忆十里长安街，长街做证花如雪。

最忆当年天安门，宫门广场悲歌吟。

三十年来问青山，告我周公在哪边。

国土九百六十万，周公骨灰都不见。

三十年来问大地，谁说总理无儿女。

十亿人民十亿心，都是总理好儿孙。

三十年来问大海，总理胸襟有多深。

总理胸襟海样深，多少委屈暗自吞。

三十年来问高天，世上何者盖昆仑。

总理肝胆高入云，昆仑也要让伟人。

三十年后遍金银，总理身后无分文。

三十年后锦罗缎，总理旧衣谁来换。

二十七年好总理，功名利禄不见你。

二十七年西花厅，西厅灯火代代明。

七十八年寿多少，寿命自有人心晓。

七十八年寿比山，青山此时亦无言。

青山尚有崩塌时，君逝犹生万万年。

万年万物皆可迷，唯有人心不可欺。

人心自有人心力，欺人心者终被弃。

十亿人心一杆秤，唯有人格最可称。

十亿人心称有无，总理英魂天地留。

天地沧桑皆尘土，世上何人称不朽。

不朽二字是精神，独把不朽留与君。

黄河长江有尽时，总理精神无穷尽。

泰岱华岳松不老，总理精神华夏根。

三忆总理杯高举，杯倾都作泪如雨。

三忆总理泪长流，流到天涯无尽头。

三哭总理肝肠断，夜半茫茫都不见。

三哭总理已无泪，夜半独自向天跪。

夜半三哭周总理，双宁长跪不敢起。

长跪长将心自扪，唯将此心对天陈。

长跪长哭不能语，对天唯念好总理。

苍天可知我心恸，夜夜枕上相迎送。

苍天可知我心悲，寒衾伴我梦里追。

苍天可曾知我心，我心耿耿对星云。

苍天可曾知我意，我对孤灯长相泣。

哭问苍天意如何，我替君死伟人活。

君活我死终无憾，吾侪了却此心愿。

君不能活我亦去，君不能活我不还。

与君一同上九天，与君九天月里眠。

九天同眠年复年，年年与君长相伴。

年年与君长相伴，相伴直到九天九地都

158 不见，相伴直到九天九地都不见。

（2006年1月8日晨和泪而作）

完璧楼感怀

宋末元初赵氏宗室一支避难漳州，隐姓埋名，建完璧楼，即今"赵家堡"。

一墙垒作完璧楼，砌尽家国百年仇。
百年仇深百年怨，怨罢杭州怨汴州。

自从杭州树京华，西子湖畔店万家。
谁人再饮汴州酒，满湖尽开后庭花。

后庭花根连徽钦，不爱江山爱瘦金。
北边坐井南边舞，只恨多事岳家军。

159

岳家军马枉厮杀，后宫粉黛搽复搽。
玄宗三千叹弗如，君侧十万尽铅华。

铅华歌声未断喉，胡骑鞑虏遍神州。
一曲空叹花落去，最是凄惨崖山头。

崖山凄凄望杭州，杭州那边是大都。
一人独吟正气歌，一人独做陆秀夫。

秀夫孤忠对天地，掩面刃子复刃妻。
天哭地哭日月哭，背负少帝成仁去。

可怜赵曷贡鳌虾，只缘长在帝王家。

太祖早知今日事，陈桥何必黄袍加。

黄袍百年今又笑，却是笑待朱家到。
李煜闲来赋闲词，一楼完璧不姓赵。

赵家天下放翁情，陆游当年万叮咛。
如今北定虽北定，叫我如何告乃翁。

衷情何止是放翁，稼轩单骑赴金营。
换来一纸闲赋去，只好梦里醉挑灯。

挑灯毕竟在铅山，李纲涕泪到南天。
荒冢不葬丞相骨，葬得一坟仇与冤。

最冤最是莫须有，满亭风波魂不走。
当道皆为"假似道"，钓鱼城头空坚守。

钓鱼城头毙蒙哥，难收赵家旧山河。
怨天怨地怨谁去，残楼换得游人多。

游人声声长叹息，我共游人长相忆。
长忆残楼多少事，日忧夜叹不入睡。

日对残楼夜对灯，千家灯火又复明。
只恐后庭歌再起，如何死来如何生。

生生死死几千年，城头大旗换不完。

最是不忘"窑洞对"，最是不忘甲申年。

甲申三百忆如昨，忧天非是在杞国。

血荐轩辕天下醒，十亿匹夫十亿责。

十亿责，十亿责，

吾俸吾禄民脂民膏霜凝安敢不尽责。

霜凝安敢不尽责。

第七部分 | **现代诗**

青藏高原的阳光

青藏高原的阳光，
是天外洒下的金瀑。
我踩在高原的肩上，
享受最先泼下的金辉，
目睹高原在金梦中复苏。

金瀑像伟大的调色师，
高原被次第染就。
金瀑洒向哪里，
哪里就是大美画图。

金瀑洒向雪山，

雪山披上金发。

那曾经愁白的头，

变成少女白皙的肌肤。

金瀑洒向圣湖，

圣湖揉醒睡眼。

用脉脉深情，

凝成蓝色的眸。

金瀑洒向大江，

大江挽着高原。

在天地大厅里，

交响金色圆舞。

金瀑洒向山谷，

山谷溢出新绿。

大地棋盘上的黑白点点，

对弈着牛羊的脚步。

金瀑洒进我的心，

我的心在金霞中游牧。

金霞聚焦成圣火，

点燃我心中的圣烛。

啊，青藏高原的阳光，

天外洒下的金瀑。

你就这样复年复日，

从你的混沌之初；
你就这样播撒大爱，
永远地风雨无阻。
你气化为金云，
那是高原的希冀；
你固化为金柱，
那是高原的天路。
你慷慨施舍给高原一切，
我只能站在它的肩上，
用你纺出万道金线，
继续装点我们的星球；
用你酿出千杯青稞，
表达对你的金色祝福……

请多给我一滴时间

一

时钟像一座体育场，
时间像一个竞走运动员。
绕着跑道走个不停，
每一步都踩着我的心。

指针像一把剪刀，
把时间裁剪得那样均匀。

一点也不可怜我，
就这样分给每个人。

那一声声嘀嘀嗒嗒，
都敲得我痛心。
在夜深人静的时候，
仿佛我血液滴落的声音。

二

时间呀，让我怎么去说你？
你这个最大方的东西，
你这个最吝啬的东西，
你这个最富有的东西，

你这个最贫穷的东西，

你这个最公平的东西，

你这个最偏心的东西，

虽然你装得很合理，

用尺量，用秤分。

你知道吗？

有的人大量占有你，

多得无处存放，

用你打麻将，侃大山，

晒太阳，会情人；

有的人少得可怜巴巴，

天天捉襟见肘，

只好把你切成几半分：

把一大半弥补八小时的不足，

把一小半维持最简单的生存，

再用扫帚扫一扫，

再用刀子刮一刮，

再用力气挤一挤，

再用放大镜寻一寻。

三

我把找寻的你，

像曲子一样兑进生活的酒里。

用你，

犁开纸笺的土地，

撒下灵魂的种子，

收获思想的颗粒。

用你，
融化墨的躯体，
泼出胸中块垒，
培育艺术花蕊。

用你，
合着生活的节拍，
沿着李杜的足迹，
陶冶精神的新绿。

这样，
我减少了你又增加了你，

浓缩了你又放大了你；

我生活的菜肴增加了几分滋味，

我工作的马达增加了几多动力。

四

可是，时间呀，

我这个精神的富翁，

我这个时间的乞丐，

我还是缺少你，

我还得求求你。

你能不能再给我一点施舍，

你能不能再给我一点救济；

把那些酒桌上胡吹乱侃的时间，

把那些舞池中扭来扭去的时间，

把那些被窝里闲得难受的时间，

把那些灯光下搓麻打牌的时间，

哪怕分给我一点点，

哪怕分给我一滴滴；

我就一千声地谢谢你，

我就一万声地谢谢你。

五

可是，时间呀，

你冷酷地告诉我，

不可以，不可以。

我伤心，

我落泪；

我无奈，

我着急。

我只能把你掰着花，省着用，

裁减饮食，压缩睡眠，

让大脑加班，

把肠胃辞退。

我安上时间的节水阀，

不让你跑掉一滴；

我用电报的语言说话，

让你尽量休息。

我还运用现代科学技术，

把所有神经都变成高速路，

把所有思维都送上直通车；

把所有内脏都改造成大脑，

把所有汗毛都变成巨笔。

我还调动千军万马，

把海岸降低，

让红日早些出来；

把大山削平，

让太阳慢些落去。

六

时间呀，

难道这还不能感化你？

难道这还不能打动你？

看着我这样缺少，

看着我这样可怜，

能不能多给我哪怕一点点，

哪怕一滴滴。

你给我一个水滴，

我可以变成汪洋大海；

你给我一束光线，

我可以射遍整个寰宇。

时间呀……

北京的第一场冬雪

京郊山上的枫林，

一夜间变成梅的天地；

冰结的万泉河畔，

提前飘舞起柳絮……

你来得这样早，

像一首悠扬的前奏曲，

早早捎来春天的一封信，

让我们为春风考虑，

哪里该是她第一遍梳理的土地？

让我们为春雨寻找，

哪里该是她第一片滋润的新绿？

你又来得这样迟，

像一首缓缓的小夜曲，

迟迟地为秋天盖上一床棉絮，

道一声晚安，

哄着秋风悄悄睡去；

说一声保重，

勾起我们对秋叶的深深怜惜……

你来了，

风也没有招呼，

云还没有晨起，

你就飘在半空，

为我送来银色的钥匙，

打开我眼睛的两扇门，

摇醒我过时的沉睡；

你就落在大地，

为我凝成一片玉的键盘，

连接我大脑的终端，

调出我失去的记忆；

你就撒在心田，

为我结成丝的网络，

捕捞理想的游鱼，

拽出希望的期冀……

我侧身倾听春天的呢喃，

我拼命搜索春天的气息，

我认真寻觅春天的倩影，

我努力遐想春天的美丽，

我还尝试着模仿春天的步履，

这一切，都是因为有了你，

有了你……

你沁入我的心脾，

你注入我的血液，

你调动我的躯体，

你舒展我的压抑，

你使我的四肢都变成大脑，

你又使我的大脑和四肢同时

　　握起五支画笔：

书写绿的畅想，

抒发明天的旋律，

寄托春的企盼。

描绘腐朽后的神奇……

不仅是我，

还有这山，

山更高了，

把头伸向苍天，

拼命呼唤着你；

还有这松，

松更翠了，

挺着不弯的脊梁，

强烈衬托着你；

还有大地，

大地也来了情绪；

不仅是我，

还有这羊，

羊更欢了，

好像飘舞的白云，

壮大着你；

还有这马，

马更快了，

好像滚动的岩石，

挣脱着你；

还有这汽车，

汽车也受到了刺激。

不仅是我，

还有这水银柱，

虽然还是指向零下，

而且很低，很低，

却河也涨了，

冰也化了，

——在人们的心底。

不仅是我，

还有这空气，

空气更纯了，

氧气更浓了，

化石也开始苏醒，

雕塑也练习着深呼吸。

不仅是我，

还有这太阳，
不要怪它躲在家中，
太阳在偷偷地整容，
月亮在静静地梳洗，
都是为了，
给人们一个惊喜。

不仅是我，
还有这城市，
凝固的音乐，
流淌的画面，
整个古城已经沉醉。

不仅是我，

还有这乡村，

鸭在提前练习戏水，

鸡在早早准备鸣啼，

农民已经备上了出征的犁……

啊，北京的第一场冬雪，

早来的你，

迟到的你，

有情趣的你，

无烦恼的你，

善解人意的你，

单纯幼稚的你，

感谢你的理解，

感谢你的多情，

感谢你的好意。

你威武雄壮吓跑一切困难，

你横眉冷对冻僵一切龌龊，

你洁白无染嘲笑一切卑鄙。

我紧紧拥抱你，

我热烈亲吻你，

我深深含住你。

母亲呀，请不要嗔怪，

恋人呀，请不要妒忌，

朋友呀，请不要猜疑；

拥抱你，就拥抱着春天的期望！

亲吻你，就亲吻着春天的足迹！

含住你，就含住春天的声息！

啊，北京的第一场冬雪，

新世纪的黄钟，

新千年的大吕……

长白山天池

我在苍茫的世界里，
寻找大地的根脉。
发现了一个狂风编织的灵魂，
发现了一个岩石铸就的身骸。

你是北国的烈士，
浑身都充溢着壮怀；
你是雪域的赤子，
胴体是那样的洁白。

你做脊梁，顶起苍天，

苍天才如此豪迈；

你做筋骨，撑出大海，

大海才汹涌澎湃!

然而，却不能忘记，

在那悲壮的时刻，

在那长恨的年代，

既然命运选中了你，

你不上断头台谁上断头台？

火山在喷发，

大地在摇摆，

赤热的岩浆是你的血液在奔放，

四射的烈焰是你的冤魂在坦白。

挣扎，忍耐；

煎熬，期待。

哀叹吗？那不是英雄的气概；

哭泣吗？那是男子汉的悲哀!

终于，喧嚣归于宁静；

终于，赤热变得皑皑。

只是你的血脉干涸，

只是你的头颅不在。

然而，头可断，

你伟岸不倒；

血可枯，

你傲骨长在!

看吧，头颅断处，

满池的清泪在奔涌；

听吧，狂风起时，

漫山的冤魂在陈白。

多少年，苍天像为你致敬；

多少代，大地像为你默哀。

一个涅槃后的精灵，

始终围着你默默地徘徊。

老天有眼，

老天有爱，

陨石雨为你昭雪沉冤，

二十年后又一条好汉重来。

啊，新生的长白山，
你又把长空穿透，
你重将过去掩埋，
你投入新的生活，
你长生不死，精神永在!

啊，新生的长白山，
横亘数万里，
传人几万代；
在你的怀抱里，
高阳长悬云长在，
垂瀑长啸水长拍，

松柏长青风长吼，

英魂长留山长白，

英魂长留山长白!

长城的秋天

长城的秋天，
是金色的季节。
阳光拂在游客的面颊，
金色注满了笑窝。

阳光洒向远处，
铺满金色的缎被；
阳光洒向脚下，
砌成金色的阶梯；
阳光洒向肩上，
垒起金色的堞垛。

沿着这一片金色，
装满我眼帘的，
是生我养我的祖国。

山海关野菊傲霜，
居庸关枫叶婆娑，
还有雁门关飞沙，
还有嘉峪关红柳，
汇成了一条金色长河。

是河吗？
又不是河。
在飞机上俯瞰长城，

哦，

又像是一条绵延的绳索，

关山万里，

正系起金灿灿的收获……

致黄河

我曾记得，

当初，

你只是涓涓细流。

但你站在最高的起点，

排山倒海气势磅礴。

我曾记得，

当初，

你曾那样碧流清澈。

刚刚起步，

就担起伟大民族的历史重托。 **201**

一路走来，
你接纳无数大河、小河。
更加豪迈更加宽阔，
但也泥沙俱下出现浑浊。

你曾断流，
因为大地干涸。
前进，
遇到太多堵塞。

你曾改道，
因为面对嵯峨。
前进，

需要太多探索。

断崖脚下，
你纵身一跃，
慷慨赴死。
血溅千丈，
成就壶口气魄。

壁立千仞，
你一声咆哮，
气冲云霄。
花开百尺，
成就龙门绝色。

203

人无完人，

河无完河。

九曲弯流，

你自己舵正自己的航向。

不改前行，

你自己拉直自己的曲折。

永远无法改变的，

是我们同一个肤色。

你是伟大的母亲，

甘甜乳汁哺育着古老文明；

你是伟大的父亲，

民族之魂在你的动脉通过。

你躺着，

蜿蜒的身躯，

永远化作中华图腾。

你站起，

挺立的脊梁，

永远镌刻着金色碑额……

六　一

挪动生锈的关节，
扶起心灵的耕犁。
回到童年的土地，
耕耘儿时的稚气。

虽然鬓染秋霜，
难阻童心嬉戏。
多想克隆一个淘气，
一年搂着三百多个六一……

春，你来了

一阵一阵的脚步，
声音由远而近；
一笔一笔的勾抹，
色彩由淡而浓。
还未等我回过神儿来，
你就撞开我的门扉，
冲进我的庭院，
推开我的窗户，
挤满我的客厅。

啊，

久违了，

我们手与手重又紧握；

我们心与心再次相拥……

看，你轻轻扇来的风，

像温柔的姑娘，

冰冻的湖泊，

被你慢慢揉开惺忪的眼；

听，你滚滚响来的雷，

像天籁的闹钟，

冬眠的大地，

被你猛然打破沉睡的梦。

接着，

208　　　曾经像饿殍一样焦黄的枯草，

一下子生出茂盛；

曾经像濒死一般孤独的老树，

一下子长回年轻。

那最先钻出的叶芽，

虽然还有些稚嫩，

却紧急集合起新绿；

那先行绽出的花蕊，

虽然以国色天香的名义，

却跟来了一批万紫千红……

啊，你来了，

你把风越吹越劲，

像一把巨大的扫帚，

扫走一切龌龊；

你把雷越轰越响，

像一面天降的大鼓，

震惊一切懵懂；

还有你的晖，

像闪光的泼墨，

泼出人间大写意；

还有你的雨，

像无数的丝线，

纺织一年的新生……

品吧，

你是醇酒，

把消沉酿成兴奋；

你是真情，

把死亡变成生命；

你还善解人意，

把缰绳交给我，

举手，

这次回来，

就永远、永远不再远行……

今冬，我第五次走进现代文学馆

数年前，

我的灵魂，

曾经第一次飘进这座殿堂，

那时我就亢奋到极点。

一面服着降压药，

一面向圣灵保证，

我真诚的亢奋，

绝对经得起药检....

今天，

我第五次走进圣殿。

我早已熟知这里的一切，
甚至，
胜过熟悉自己的庭院。
我体内的红色血流，
通过这里，
早已输进她的血管。
但我还是，
还是要第五次，
把我的动力和她的引力，
形成新的合力，
希冀新的放电。
所以，
都不要嫉妒我来得太多，
我也不忏悔来得太少，

我已是她的圣徒，

不论身在何处，

心，都向着她的方向；

我和她，

已经没有了数量的概念……

第一个欢迎我的，

依然是巴金老人的手模；

通过手模，

我看见老人深邃的大脑，

和大脑褶皱一样苍茫的脸。

我用自己的手，

对着老人的手，

进行跨越时空的击掌，

电流在我身上穿过，

一直穿透我的心房，

一直穿透我的肝胆……

在击掌的这一刻，

外面的空间依然很大，

里面的空间依然很小，

我依然是向里面走进，

并，向外放飞着我的放飞，

广阔着我的广阔，

无限着我的无限。

这一刻，

面对我后面的皑皑白雪，

好像有一股春风，

吹动我的脑海；

好像有一声春雷，

震荡我的胸臆；

好像有一阵春雨，

浇灌我的心田；

好像有一抹春绿，

扑进我的双眼。

我产生——逃离牢笼的感觉；

我产生——走进自由的感觉；

我产生——发现超光速的感觉；

我产生——时间倒流的感觉；

我产生——不能自已的感觉；

我就发热——同外面温度对冲的感觉；

我就放光——精神能量外溢的感觉；

我就耳膜震动——春的脚步到来的感觉；

我就转了基因——飘飘欲仙的感觉；

我就感觉——没有了感觉；

我就享受——享受没有感觉的感觉……

小　河

初冬

小河

流着弱音

风挥了挥手

秋叶

像一群金鱼

游动

波纹颤抖着

抽象了具象

冰

渐渐冻出一个

休止符

晨眺长空

云
醒了
攥紧，白色的
拳头
开始在地球顶上
漫步
漫游到地球的东门
捧起，几束朝霞
晕染，拥抱
送给我
一幅无边遐想……

博尔特

题记：2007年访问古巴和美国，必须绕经牙买加。这个让人不以为然的小国，却在2008北京奥运会上出了一位百米世界冠军。

一

上帝，
把地球搓成一个圆形。
你像一粒米，
我是一只雄鸡，
不知你在我的，

东还是西？

二

你北面有一支点燃的雪茄，
骚扰着更北的那个山姆。
他们都请我去串门，
廊桥竟然是你……

三

我不以为然地在你家小憩。
不承想，
地球懒洋洋地转了几圈，

却射来一股带电的风，
跟着我就刮进五环场地。

四

那是墨西哥湾的飓风，
还是黑色的箭羽？
满月的弯弓锐角的弦，
你嗖的一声，
让光速偷偷地羞愧。

五

鸟巢就像沸腾的锅，

大洋瞬间升腾成蒸汽。

从此，

全世界都知道了在加勒比，

有你这样一个小弟弟。

无奈的我，

只能自责地拍着，

无用的腿……

大红萝卜

——为画作《二个萝卜》作

朋友，你现在看到的，

它是曾经的两团火，

它是曾经的两团地火，

它是两路岩浆准备会师的地火，

它是忧郁已久而凝固的地火……

如果说土地是它的牢笼，

那缨子就是它冲出牢笼的怒发，

就是地火的青烟，

就是地火呐喊的前奏，

就是地火爆发的导火索……

你看它在静，

那是它特殊的动，

那是它心在动，

那是它心在九天的动……

它是我激情的冷却，

它是我血液的凝固，

它是我战前的队列，

它是我地下的跃出……

它不是挖出来的，

它是喷射出来的，

它是爆发出来的，

它现在的沉默，

就是一种特殊的爆发……

它不在沉默中爆发，

就在沉默中死亡……

报幕春天

北风，调好了琴弦

雪花，已站在

舞台中央

就缺一位报幕员……

河结了冰，想

先睡一会儿

山也掉光了头发

抱着几块岩石

像抱自己的

小孙孙……

我，行不行

我撷取朝霞一缕

做指挥棒

我要，盯着冬天

报幕春天……

寻找春天

北风按响，冬天

的门铃

冬天的大门，刚刚打开

寒冷，就同我

撞了个满怀

房子赶忙，把我

拖进屋里……

太阳，得了

白内障

剩下，月亮

一只眼睛

在黑夜里，高度近视

黑夜就显得更冷……

锅炉工，注射了

一针暖气

像，为我注射了

抽象的梦

我躲在，被窝里

棉被是大气层……

我在我的世界里

疏散肉体和灵魂

一半儿，准备

做冬天的人质

一半儿，

去寻找春天……

竹　林

我的画室边，

住着一片竹林。

曾经是绿色邻居，

趴着窗户不声不语。

后来处出了感情，

挺身为我遮光挡雨。

再后来成为哨兵，

风喊口令，

向我敬礼。

最后，

我们成为知己，

教我，

一节一节走到凌云眺月的高度，

仍保持临冬青坚的操守；

一步一步形成海纳百川的肚量，

仍保持虚怀若谷的胸襟；

一天一天练就扎根大地的本领，

仍保持矢志不移的定力。

有了这个高度，

有了这个操守，

有了这个定力，

我立志，

做手杖，攀登新高峰；

233

做篙竿，驶向更远方；

做竹箩，筛选人生精华；

做牧笛，吹响牛年序曲；

做春笋，再活一个新绿……

举起春天的大美

瑞雪

像一床大被

把白皙铺到天边

把大地悄悄哄睡

一枝孤独的梅

瘦弱的枝

像被里伸出的一只纤手

大地为她留白

苍天默默后退

她

举起红蕊

举起羞赧

举起尊严

举起馨香

举起春天

以一己之力

举起春天的大美……

驶向春天的列车

时间乘着高铁，

春天是一座大站；

两条钢轨

长江、黄河……

簇拥一路春风，

情不自禁高歌；

坐着一车红绿，

笑得前仰后合；

每一寸领土都是站台，

一瞬间，

她们就冲下列车；

每一个生灵都将被染就，

一下子，

就挤满了我们的伟大祖国……

附录一｜二十世纪六十一八十年代四首代表作

十二岁时游闾山旧作^①

期期心相闻，今日觉尤亲。

峰上松烟霭，阶前草碧茵。

石棚飞瀑泻，海寺白云真。

恨见时虽晚，闾山有后人。

---

① 1966年5月1日第一次游闾山，时作不懂平水韵，后有修改。

地　震①

夜半地开天乍醒，算来滴漏正三更。

小球感冒周身抖，广厦摧腰遍体倾。

一片机鸣声已哑，几灯烟火暮难明。

惶然未鬼皆因命，大难人生不死情。

---

①　作于1976年7月。时唐山地震波及所在工厂，
亲历。

初 为 人 父

律吕初啼曲满床，始为人父乐癫狂。

惊魂缈缈神无主，拙口声声语倒装。

梦里成仙游世界，怀中泣血吐文章。

老夫抱犊迟来爱，待到他年看小唐。

钗头凤·漫步松花江

松花江情系大海，西去东折，历尽艰辛，却还要归于黑龙江名下。

青山转，离魂伴，丽人长行江如练。波似缎，身如箭，百转千回，路程漫漫。盼，盼，盼。　归途绊，前行变，落凤江水浪花乱。涛声唤，泪肠断，倾与谁人，对天长叹。咽，咽，咽。

244

附录二 | 关于写诗的几篇随笔

诗的妙用

一

诗这个东西真是奇妙得很。孔子说：诗，可以兴，可以观，可以群，可以怨，迩之事父，远之事君。

以兴，就是说可以宣泄情绪，抒发感情。人有高兴的时候，也有烦恼的时候。找个人说一说固然痛快，但有些话无法对人言，或没有机会对人言，怎么办？大笔一挥，写写诗，就抒发出去了。你看李白，我不知他是高兴还是发愁，反正是先借酒浇愁（或助兴）。结果，酒没有解决问题，就又写诗，写出"烹羊宰牛且为乐"，"与尔同销万古愁"，这才抒发出去，才算完事。

以观，就是说通过诗，可以观察一个人的气质、修养、风格。一看杜甫的诗，就知道这个人很严谨；一看李白的诗，就知道这个人很豪放；而一听"路漫漫其修远兮，吾将上下而求索"，就知道屈子是怎样的志向抱负，又可知道是一个道地的书呆子。你求索，遇上个明君还可

247

以，遇上个昏君，汨罗江里求去吧。屈原说："众人皆醉我独醒。"在那样的环境下，你一个人独醒怎么行呢？当然你也不能跟着醉，要"众人皆醉我半醒"，这样才行。但是，今天，如果考核干部，也不妨先看看他写的诗。如果是豪放风格的，可能就是开拓型的干部；如果是婉约风格的，可能就是严谨型的干部；如果两种风格兼备，可能就是比较全面的干部。无论如何，不能埋没了屈原这样的人才。咳，只不过现在没几个人会写诗了。

以群，就是说可以合群，以文会友，联系群众。诗人间以诗唱和，结交朋友，礼尚往来，尽是千古佳话。我觉得一个人，至少要会幽默和写诗，要不然，活着有啥意思？幽默是初级型的联系群众，写诗是高级型的联系群众。你想想，一个领导做上半天大报告，人肯定都睡着了。如果穿插点幽默和诗句，听者就来精神了。你读过《资本论》吗？这样的大部头，可就是越看越精神，像读小说一样。作报告、写文章的人，你不应在心里问问为什么吗？你再看李白的"故人西辞黄鹤楼，烟花三月下扬州。孤帆远影碧空尽，唯见长江天际流"，如果李白同孟浩然辞别时，不是赠他这首诗，而是送他一块手表（那时没有手表，或者一枚金戒指吧），今天还有谁会知道他们的友情呢?

以怨,就是说可以发牢骚。可能孔夫子弄混了。可以怨,应该是包含在可以兴里面。可以怨是单方面的发牢骚,可以兴是既可以发牢骚,又可以抒兴致。历史上,很多人都是靠诗发牢骚的。李后主被软禁开封,以泪洗面,写出"剪不断,理还乱,是离愁,别是一番滋味在心头";杜牧面对国破家亡,听见歌女卖唱,写出"商女不知亡国恨,隔江犹唱后庭花";朱敦儒面对奸臣当道,写出"回首妖氛未扫,问人间,英雄何处";辛弃疾叹岁月空逝,壮志难酬,写出"了却君王天下事,赢得生前身后名,可怜白发生",都是发牢骚。总之,通过诗,发泄一通,可能心境就平稳一些。要不然,不把人憋死,就得去骂大街(这样说来,诗还有药用功能呢)。

事父,就是说写诗,可以孝敬父母。"慈母手中线,游子身上衣。临行密密缝,意恐迟迟归。谁言寸草心,报得三春晖。"不知孟郊的父母是否有文化,如果有文化(高小就可以),能读懂,肯定能比多听到几声妈高兴得多。

事君,往大一点说,写诗,可以报效国家。"功名只向马上取，真是英雄一丈夫"，这是岑参的诗；"拥精兵十万，横行沙漠，奉迎天表"，这是李纲的诗。这哪里是诗，分明是收复国土的呐喊。

二

于诗有上述功能，我也就曾咿呀学语地写过几首诗，至于写得好不好，那是另外一回事（算起来也有几千首吧，有古体，有旧体，也有现代诗，有诗，也有词。只可惜都随涂随丢了）。不过写着写着，我就觉得远不止孔老夫子说的这些。诗，还有其他功能。

说可以兴吧。兴，冲破一定限度，可能就要冲动，要出事，就要抑一下。写诗就可以抑。那年，鄙人三十得子，高兴得不得了，在大街上乱跑，又不知往哪里跑。晚上硬是睡不着，就写诗：

> 律吕初啼曲满床，始为人父乐癫狂。
> 惊魂缈缈神无主，拙口声声语倒装。
> 梦里成仙游世界，怀中泣血吐文章。
> 老夫抱犊迟来爱，待到他年看小唐。

一句"待到他年看小唐"，就抑住了。小唐是有了，将来啥样还不知道呢，高兴什么，任务重着呢。

还可以通，就是说诗可以把事情想通。当然，写诗得有那个环境，有了环境就有诗兴了，就写出来了。写出来了，不顺心的事也就想通了。那年在内蒙古大草原，那一望无际的绿浪，让我马上诗兴大发，就填词一首：

> 大地苍苍，旷野茫茫，翠草白羊。看无垠碧浪，倚天作岸，清风梳绿，烈日投荒。悦耳胡琴，离弦赤骥，蹄带归花马踏香。忽长忆，叹雕弓犹在，换了时光。　　当年无尽沧桑。有谁辨他乡与故乡。且红楼一梦，余音好了，阴山如醉，往事如霜。尘土功名，东流敕勒，何若南华乐未央。穹庐下，盼魂归四野，休论皮囊。

后来，又写了一首七绝：

> 离雁声声翅未收，凭空抖落一天秋。
> 公平最是寒霜降，地上谁家不白头。

这一诗一词，就让人把事情彻底想通了。当然想通、白头，也不是消沉，是要正确对待人生，在有限的人生中尽可能做大于有限的事情。

还可以权，就是说写诗可以通权变。黄河本是最难治的。可你看三门峡大坝一建，黄河就收敛了。表面收敛了，心里没收敛，在等待时机。我在参观三门峡大坝时就填了一首词：

> 呼啸西来，盖地铺天，万里马嘶。却横天一坝，迎头矗立，忽闻四面，故楚歌吹。末路英雄，佳人相对，垓下凄凄泪别离。抬双眼，任平湖如镜，忍做攒眉。　说人且莫伤悲。昔勾践柴薪尝胆时。聚江东子弟，二门解锁，千堆白雪，大浪如狮。落叶西风，旌旗漫卷，横扫中原事可期。凭韬晦，若包羞忍耻，便是新碑。

看，如果当年项羽这样想，不就是通权变了吗？当然，历史不能假设。

还可以欲。人都有七情六欲。诗是风流欲，粗话是下流欲。这个界限一定要分清。你看，"天上独徘徊，烟云锁未开。婆娑风送钥，美月蹁跹来"。一弯雪白的美月，在天上孤独徘徊，清风像一把钥匙打开烟云之锁，月亮向我们奔来，此景此情，人能没有欲望吗？

还可以想，借着诗意，什么都可以想。黄果树瀑布，本来是大自然的鬼斧神工，你却可以想象是："人长叹，娲女补天疏。万尺悬空连月水，千年垂瀑泻银渠。研墨草狂书。"总之，诗这个东西真是不得了。

三

有这么多功能，可不是谁都能写的。

诗人是大政治家。毛泽东是大政治家，又是大诗人，二者一结合，就有了"北国风光，千里冰封，万里雪飘"；曹孟德是大政治家，也是大诗人，这才有"老骥伏枥，志在千里；烈士暮年，壮心不已"；就连亭长刘邦，成了政治家后，也能唱出"大风起兮云飞扬，威加海内兮归故乡，安得猛士兮守四方"。最没文化的要饭和尚朱元璋，当了皇帝写不出诗，也来副对联，"双

253

手劈开生死路，一刀斩断是非根（阉猪）"。你看，气度就是不一样。

诗人是大思想家。"横看成岭侧成峰，远近高低各不同。不识庐山真面目，只缘身在此山中。"这是苏东坡的诗，还是他的辩证法论文？真让人惶惶然。还有"江畔何人初见月，江月何年初照人"，世界的本原是什么？先有精神还是先有物质？先有鸡还是先有蛋？

诗人也是大军事家。"驾长车，踏破贺兰山缺。壮志饥餐胡虏肉，笑谈渴饮匈奴血。待从头，收拾旧山河，朝天阙"，岳武穆一首《满江红》，把战略（踏破贺兰山缺）、战术（驾长车）都道出来了。

如果不能写诗，你这个政治家是不完全的，你这个思想家是不完全的，你这个军事家也是不完全的。

朋友，有时间写写诗吧，写得好赖可以不计。

李白的悲哀与幸运

　　李白在自然山水中徜徉其间，流连忘返，用审美的目光和豁达的态度看待政治上的失意，把悲哀化成雨，虽然淋了头，却滋润了心；把悲哀变成火，虽然熔化了自己，却炼成了钢，达到了顺乎自然、宠辱皆无、物我两忘的超然境界。这，就是李白，悲哀的李白，幸运的李白，不懂政治的李白，伟大诗人的李白。

　　李白是中国历史上最伟大的诗人。从这一点上来说，他是幸运的。中国的老百姓，有人不知道唐肃宗，有人不知道唐玄宗，甚至有人不知道唐太宗（很有可能，因为根据资料介绍，中国尚有一亿多文盲）。但是，我敢说，没有人不知道李白。

　　李白的幸运，不仅在于他因诗仙而名垂青史。李白曾为我们留下了一千多首摧枯拉朽、大气磅礴的诗作和六十多篇传世文章。千百年来，那些雄奇、奔放、豪迈、飘逸的千古绝唱，脍炙人口，传诵不绝，不断地产生着超越时空的魅力，并且随着时间的推移愈发闪耀着夺目的光辉。李白的幸运，更表现在他那汪洋恣肆、飞扬无忌、我行我素、独往独来的性格上，想干啥就干啥，想咋的就咋的，有话就说，有屁就放，豪放不羁，一吐为快，从不把政治伦理、道德规范、社会习惯放在眼里，从骨子里也没有对圣主君王的受宠若惊、诚惶诚恐，甚至"天子呼来不上船，自称臣是酒中仙"。李白，活得痛快，活得潇洒，这一辈子，值。

　　然而，我又觉得李白是悲哀的。中国的士大夫，历来就视立德、立功、立言三不朽为座右铭。李白一生奉为人生至上，兢兢以求的，不在立言，"吟诗作赋北窗里，万言不直一杯水"。李白一生热切追求的，是出将入相，登堂入仕，"长风破浪会有时，直挂云帆济沧海"，进而实现创制垂法、惠泽无穷的立德；实现拯厄排危、经世济民的立功。李白以大鹏自比，"大鹏一日同风起，扶摇直上九万里。假令风歇时下来，犹能簸却沧溟水"；李白以凤凰自居，"耻将鸡并食，长与凤为群。一击九千仞，相期凌紫氛"。李白拳拳服膺、倾心仰慕那些建不世之功，创回天伟业，充分实现其自我价值的杰出历史人物，更羡慕他们能崛起于草泽之间，风虎云龙，君臣合契，终于奇才大展的际遇。他确信"天生我材必有用"，只要得遇明主，身居枢要，大柄在手，经邦济世、治国平天下易如反掌。

李白一生有过两次从政的经历。第一次是天宝元年，经贺知章（一说玉真公主）推荐，李白以一曲《乌夜啼》被玄宗赏识，宣召入京。这时的李白正值四十二岁的盛年，闻讯之后，乐不可支，烹鸡置酒，高歌狂饮，"仰天大笑出门去，我辈岂是蓬蒿人"。本来，玄宗皇帝待他也不薄，到达长安，即受接见，并任命为翰林供奉，在宫中应制。"应制"，亦即"应诏"，即专门为皇帝写诗。有的人认为，这个"应诏"屈了李白的才。李白本是经邦济世之才，帝王师佐之料，踌躇满志之人，岂能当个御用文人。我却不这样看。其实，李白一步迈到天子边，按今天来说，算是大大的破格使用，是坐直升机了。论命运，我们有几个比得过的？如果李白懂点政治，会点韬晦，耐着性子，不愁实现不了自己的夙愿。然而，李白之所以为李白就在于他不懂这些，他不会忍，不会降志辱身，随波逐流。他是给点星光就灿烂，来了兴致就忘乎所以的人。

一天，后宫深院，沉香亭畔，和风习习，牡丹盛开，玄宗、杨贵妃由高力士、杨国忠陪同，饮酒赏花。鲜艳美丽的牡丹花，映衬着杨贵妃的粉面桃腮，把个玄宗高兴得心花怒放，当即宣来李白写诗。这李白也真不愧诗仙，望着花容月貌的绝代佳人，听着《霓裳羽衣舞》的千古名曲，三杯酒下肚，便诗兴大发，一挥而就，写成著名的三首《清平调》："云想衣裳花想容，春风拂槛露华浓。若非群玉山头见，会向瑶台月下逢。""一枝红艳露凝香，云雨巫山枉断肠。借问汉宫谁得似，可怜飞燕倚新妆。""名花倾国两相欢，长得君王带笑看。解释春风无限恨，沉香亭北倚阑干。"

好一个"名花倾国两相欢，长得君王带笑看"，寥寥几笔，把个杨贵妃高兴得眉飞色舞，不能自已，玄宗立马赏李白新靴一双。这个李白如果能到此打住，说不定过几天就福星高照，官运亨通。但不知好歹的李白借着酒兴，乘着得宠，不知是有意还是无意，竟让高力士帮其脱下靴子，换上新靴。李白瞧不起阉人高力士是真，但高力士何许人也？皇帝身边的一等红

258

人。玄宗不理朝政，高力士实际上是皇帝的代表。当时，连李林甫、安禄山这些一品大员对高力士巴结都唯恐不及，一个小小的翰林供奉竟让他脱靴子，这高力士怎能咽下这口气？但当着玄宗的面，为了不扫皇帝的兴，高力士忍了。

李白得罪一个还不算完，穿上新靴，又让身为度支员外郎的杨国忠为其研墨。度支员外郎官职虽不算高，也就相当于今天财政部的预算司长，但却实权在握，又是当朝国舅，谁人敢这样指使他？但李白敢。杨国忠也忍了。

忍归忍，没过几天，就在杨贵妃将《清平调》反复吟唱之时，高力士一句"借问汉宫谁得似，可怜飞燕倚新妆"的歪批，直把个杨贵妃气得柳眉倒竖。赵飞燕自汉成帝归天后，被平帝废为庶人，后来自杀身死。高力士挑拨说，李白将娘娘比为赵飞燕，是在咒娘娘不得好死。晚上，杨贵妃一阵枕头风，就把玄宗对李白的好感吹没了，在翰林供奉的职位上一坐就是一年多（对比来看，玄宗还算怜惜人才，有些气度，换一个心眼儿小的，说不定李白脑袋早搬了家）。

李白在衙门里坐冷板凳，坐得心灰意冷，初入京城的雄心壮志消磨殆尽，便写诗打发时光。写就写，李白还到处散发，其中一首《翰林读书言怀呈集贤诸学士》，用了"严光桐庐溪，谢客临海峤"的句子，被一向嫉妒李白的驸马张洎告了一状，说他自比严光严子陵，不安心本职工作，云云。玄宗一气之下，就把李白炒了鱿鱼。

李白第二次从政是天宝十四年。其时李白正在漫游大江南北，安史之乱爆发，玄宗逃往四川，途中下诏任第十六子李璘为节度使、大都督，招募将士抗敌。李白认为天将降大任于斯人，建功立业、报效国家的机会来了，怀着靖难杀敌、重整金瓯的志向，"诸侯不救河南地，更喜贤王远道来"，投入李璘麾下，成为永王幕佐。不想李璘是个眼高手低、图谋不轨的野心家，竟以为有了点人马，欲起兵反叛，结果兵败被杀，苦了李白糊里糊涂地以附逆罪流放夜郎。李白的第二次从政前后不足三个月。

看来，李白并不是从政的料。不懂政治的人从政，岂不悲哀？

两次从政，两次失败，两次悲哀。然而，当别人还没有从李白的悲哀中缓过劲儿来，李白的性格使然，却大步地向艺术殿堂迈进。愤怒出诗人，李白强烈郁结的心理矛盾和颠沛流离的人生熬煎，成了他那天崩地坼、裂肺摧肝的创作源泉，并在这座殿堂里越登越高，最终雄视天下，舍我其谁。

从政的失败，使李白从切身经历中认识到自己的怀才不遇是黑暗政治的必然结果，"君王虽爱蛾眉好，无奈宫中妒杀人"。这是针对谗害他的权贵。"彼希客虽隐，弱植不足援"，这是直接指斥君王。"嫫母衣锦，西施负薪"，整个社会都是颠倒黑白。"白日不照吾精诚，杞国无事忧天倾"。诗人忧愤不已，并因此产生了国之将倾的预感。为此，李白"白发三千丈，缘愁似个长"，疾呼"抽刀断水水更流，举杯消愁愁更愁"。虽一颗忧国之心不死，却蚌病成珠，都通过诗的形式镌刻在历史的丰碑上。

李白第二次从政失败后，虽然也发出过"抚剑夜吟啸，雄心日千里。誓欲斩鲸鲵，澄清洛阳水"的呐喊，但他大量诗作，都是在远离权力旋涡，寄情自然山水，深入民间社会所为。自然山水间，他为庐山瀑布写出了"飞流直下三千尺，疑是银河落九天"这样的千古绝唱；惜别怀友时，他写出了《黄鹤楼送孟浩然之广陵》《闻王昌龄左迁龙标遥有此寄》这样的绝代名篇；结交下层社会，体察民情风俗，他写出了《赠汪伦》《哭宣城善酿纪叟》《宿五松山下荀媪家》以及《采莲曲》《越女词》《秋浦歌》等传世作品。

历史在跟李白开玩笑。一心想大展宏图，却坎坷一生，落拓穷途，不断跌入谷底；本来志不在为诗为文，最后竟以诗仙、文豪名垂万古，攀上荣誉的巅峰。李白是悲哀的；李白是幸运的。

李白的悲哀是个人志向的悲哀。也该悲哀，谁让你不是政治圈子里的人硬要往政治圈子里挤。李白的幸运不但是自己的幸运，也是民族的幸运，文学的幸运，历史的幸运。也应幸运。否则，没有高力士的谗言，说不定李白早就官至极品，大红大紫了，可人们上哪儿去拜读那些气吞山河、卷云带月的千古名篇呢？上哪儿去领略那种豪气冲霄、傲睨一世的伟岸形象和独立人格呢？李白在自然山水中徜徉其间，流连忘返，用审美的目光和豁达的态度看待政治上的失意，把悲哀化成雨，虽然淋了头，却滋润了心；把悲哀变成火，虽然熔化了自己，却炼成了钢，达到了顺乎自然、宠辱皆无、物我两忘的超然境界。这，就是李白，悲哀的李白，幸运的李白，不懂政治的李白，伟大诗人的李白。

（本文发表于《诗潮》2005年第3期）

忆周恩来总理诗文

"料得年年断肠日，定是岁岁一月八……" 2006年1月8日清晨，我至今仍不清楚哪儿来的那种冲动，写下这首长诗；2008年3月，在纪念周恩来诞辰110周年大型文艺晚会上，著名播音艺术家、当年播送周总理逝世讣告和悼词的方明老师，现场朗诵了这首长诗；我，在著名主持人瞿弦和老师的鼓励下，第一次也是唯一一次以"艺术家"的身份，登台向数千泪流满面的观众倾诉，倾诉被数次掌声打断……晚会结束后，又体验了一次被追星合影签名的感觉，其中一个小女孩说：我不相信任何主义，但为您感动，相信周总理……至今回忆起来，依然心绪难平感谢1月6日《光明日报》重登了这首诗……

我不是诗人。我从来不敢奢望写诗。

2006年1月8日清晨，大概四五点钟，不知什么原因，我突然惊醒，无论如何也睡不下去了。

我下意识地打开电脑。我过去从来没有在这个时候打开过电脑。我突然发现，这天是周总理的忌日，是周总理逝世三十周年的忌日。周总理，敬爱的周总理，离开我们已经整整三十年了。

网站上的留言，像雪片一样，怀念，怀念，无尽的怀念；我的泪水，像潮水一样，止不住，止不住，无论如何也止不住……

"料得年年断肠日，定是岁岁一月八"网站上的每一句留言，都让我心绪难平，让我不能自已，让我回忆起了那一年……

那一年，他走了。他走了，我像丢了魂似的，"六神无主大厦倾"；全中国人都像丢了魂似的，"六神无主大厦倾"。因为在当年中国人的感觉中，国家的大事、小事，内政、外交，都靠他一个人在支撑。他走了，国家怎么办？我们怎么办？

那一年，十里长街，围栏、树枝、胸前、心中，白花如雪；男的、女的、老的、少的，哭声一片……

那一年，联合国下了半旗，不是联合国旗下半旗，是联合国全体成员国的国旗下半旗。据后来听说，有几个国家的大使为此找到联合国秘书长，问为什么我们国家的元首去世不下半旗，中国的总理去世却下半旗？良久，秘书长回答，一个八亿人口的大国总理，没有存款，没有骨灰，没有子女，如果你们哪个能做到，联合国都可以下半旗。几位大使面面相觑，低着头走了。这只是一个细节，一个不经意的细节。

我又想起，1966年3月，邢台地震，周总理乘直升机赶到现场，召开群众大会，给乡亲们讲话。警卫战士找来一个小木箱，放在了群众北边，周总理站了上去。刚刚站了上去，他又下来拎着小木箱走到了群众的南面。数九寒冬，北风呼啸，他面向北，群众向南。这只是一个细节，一个不经意的细节。

我又想起1970年，那些年，中国外交已经停摆。罗马尼亚的一个代表团，我清楚地记得团长是他们的大国民议会主席，叫埃米尔·波德纳拉西来访。毛泽东接见，理所当然地站在前排。中间的位置；林彪也站在了前排中间的位置，这也应该，因为当时他毕竟是中央副主席；康生也站在了前排。我在《人民日报》的照片上寻找，周总理在哪里？他是总理，他又负责外交。他站在了后排。这只是一个细节，一个不经意的细节。

我又想起1975年，毛泽东委托周恩来筹备四届人大，还提名邓颖超当副委员长，周总理把她的名字勾掉了；此前，五十年代干部定级，邓大姐的条件应定三级，她报了五级，周总理又把她改为六级。这只是一个细节，一个不经意的细节。

我又想到"文化大革命"的年月，周总理左支右撑，苦挽危局。那个年代，他可以选择；那个年代，他别无选择。人们不能拿今天衡量昨天。他和他的同事讲，我不下地狱，谁下地狱？他就这样燃烧着自己，粉碎着自己。这也是一个细节，一个不经意的细节。

我再也控制不住自己，顺着网站上的那句话，我一口气写下："今日人人肠更断，总理一去三十年；今日断肠更断魂，三十年来不归人。"我一口气写下了这首《周总理逝世三十周年祭》。

我把我的小孩叫起，我哭着念，他哭着听。他二十岁了，他在我心里仍然是个孩子，我俩都在用眼泪诉说着，交流着……

周总理，他不是完人。他生活在那个时代，有些事他身不由己，但他的人格、他的精神，深深地打动了每一个有良心的中国人，深深地铭刻在历史的丰碑上。我的朋友权延赤送给我两本书：一本叫《走下神坛的毛泽东》，一本叫《走下圣坛的周恩来》。是的，当年，他们两人在我心中确实一个是神，一个是圣。如果对毛泽东的认识，我还有一个反复的话，七十年代我把他当成神，八十年代我对他产生过怀疑，今天我重新认识到他是人，不是神，但他是一个伟人，一个高不可攀的伟人，一个大思想家、大政治家、大军事家、大诗人、大书法家；那么对周恩来，我的认识始终如一。如果说毛泽东是高山，周恩来则是大海。他们虽然都不是完人，但是他们是那个年代做得最好的人（我是说贯穿他们几十年全部经历的年代）；如果我们生活在那个年代，谁也达不到那个水平。拍案而起易，忍辱负重难；拍案而起是心在痛饮，忍辱负重是心在凌迟。"夜夜枕上相迎送""寒衾伴我梦里追""长跪长将心自扪，唯将此心对天陈"，我把这些写入诗中，但这些都不是诗句，是我内心的沉吟，是我无声的呼喊……

我的诗，不，我的心，不胫而走，许多人看到了，读到了，给我打来发自肺腑的电话，给我写来感人至深的信件，其中有吴旭君女士（当年她作为毛主席的护士长，她回忆当年在中南海骑着自行车穿梭于游泳池和西花厅，为两位伟人传递文件，作出邀请尼克松访华的决定，就有她自行车的"功劳"）；有周秉宜女士，她不仅以个人，还代表她的全部亲属；有刚刚做过手术的方明老师，他情不自禁地朗诵着这首诗，一如他当年播送周总理的讣告、悼词。此前，我同方明老师并不相识，他朗诵后，我看到了这盘光碟，我感谢他，我急于同他相见；我们相见时，他回忆起当年，止不住泪水扑簌而下，我也止不住泪水扑簌而下……

　　我明白了，诗，靠什么去写；我明白了，艺术家，靠什么去打动人……

诗源、诗容、诗魂与诗的当代性

——在第二届"中华诗词复兴研讨会"上的发言提纲

我虽喜欢诗书画文史哲，但搞了一辈子金融工作，今天是第一次正规参加诗词的论坛，抛砖引玉，就教大家。

诗的当代性，首先是诗源，源于今天的生活。屈、陶、李、杜、苏、辛，他们的作品之所以千百年来传唱不衰，都是由于源于当时的生活。今天，要让诗有生命力，就要用这种高于生活的艺术形式反映我们今天的生活，反映我们今天波澜壮阔的伟大时代，反映我们今天人民的心声。

今年以来，人类受到"新冠疫情"的巨大挑战。在庚子之春，我写了102首旧体诗，包括七律32首，七绝70首，反映了抗击疫情的斗争，也表达对全球疫情的关切。其中一首《忧全球疫情》：

频传羽檄小球危，独锁家门面壁痴。

书似青山常乱叠，灯如红豆遍相思。

云缠高阁天来赋，雨打西墙地落词。

砖石生情忧作句，一楼土木一楼诗。

抗疫，成为今天的一个诗源。

诗的当代性，其次是"诗容"，包括两个方面。一是对诗的特殊性规范要求，即平仄、对仗、押韵等。我写古体、旧体，也写新诗。其中旧体诗、词，既然是旧体，既然冠以绝、律、词牌，就要严格按平仄押韵对仗的要求，按平水韵，词林正韵的要求去规范。旧体的当代性，我认为可以用新韵，当然也可以写新诗。用旧体反映当代性，可以在手法技巧上着力，这就说到"诗容"的第二个方面赋比兴。赋是铺陈叙事，比是比喻类比，兴是托物言志。诗的赋比兴更好地反映时代，只有起点，没有终点，永远在路上。我现在退休了，这是自然规律。霜降那天我写了一首《七绝·霜降》：

离雁声声翅未收，凭空抖落一天秋。

公平最是寒霜降，地上谁家不白头。

反映了岁月不饶人的自然规律。但白头不是消沉，我现在整天沉浸在诗书画文史哲中。2018年我应邀举办了"阳关三叠·李可染画院——唐双宁百幅作品捐赠展"，我以中国古代十大古琴曲之一的"阳关三叠"作比喻，将职业生涯前、职业生涯中、职业生涯后比喻为人生的三叠，我们要奏好第三叠。我为即将到来的冬至还填了一首《摊破浣溪沙》：

今夜三更格外寒，算来天意已冬残。回首平生多少事，指轻弹。　　瑞雪徐徐铺大地，春风缓缓漫阑干。旧日衰荣行渐远，画楼欢。

我认为有三种人生，一是自然寿命的线性人生，二是职业生涯的平面人生，三是全面发展的立体人生。我们要通过"诗容"，沉浸诗画，喜迎春风，争取实现立体人生。

诗的当代性，最后也是最重要的是诗魂，诗的灵魂。我喜欢画马，画马的同时我也写了许多画马的诗词。但我的画马的诗词没有停留在如何画马和马的外形上，其中一首词《渔歌子·乌骓》：

> 纸上蹄声笔下风，声声泣血染长空。垓下鬼，楚家雄。乌骓魂骨不江东。

从字面看，这是写乌骓的忠诚。马尚如此，何况人乎？在当前纷繁复杂多变的小小寰球，每个国人对我们的祖国，都应有乌骓的境界。这就是诗要表达的目的，这就是诗魂。

王国维讲到"三境界"，今天我理解诗源、诗容、诗魂更是写诗的"三境界"。诗源是动力，诗容是路径，诗魂是目的。诗源使你不吐不快，诗容使你如何吐快，诗魂使你吐而能快。魂统摄容，统摄路径。诗的当代性最重要的就是探索开创诗词新意境，如苏东坡能跳出词浅吟低唱的调门，开创了豪放派先河。诗的当代性的另一个方面就是知律依律关键处极例又不为律所束缚。苏东坡的《水龙吟·次韵章质夫杨花词》，将五、四、四断句写出"细看来，不是杨花，点点是离人泪"，后人王国维评论此词才情境界凌驾原唱之上，同侪晁补之称"居士词横放杰出，自是曲子缚不住者"。清人赵翼云：

"李杜诗篇万口传，至今已觉不新鲜。江山代有才人出，各领风骚数百年。"这种知律依律前提下的关键处极例又不为律所缚，用以反映新的时代，前人可，今人亦无不可。

最后借用三句古诗句，诗源，就是好比"只缘感君一回顾，使我思君朝与暮"；诗容，就是因为"只缘身在此山中"；诗魂，就是要"不畏浮云遮望眼，只缘身在最高层"。

后记 |

　　感谢作家出版社编辑出版此书，感谢贺敬之先生为本书题耑，感谢叶嘉莹先生对我的勉励，感谢郑欣淼先生为本书作序，感谢工作人员为编辑《霜凝诗词选》的辛勤付出。

　　2017年退下来后，自己定了一个"阳关三叠"的"小目标"。"阳关三叠"是中国古代十大古琴曲之一，系根据唐代诗人王维的七言绝句《送元二使安西》即人们熟知的那首"渭城朝雨浥轻尘"谱写，因一个曲调反复叠唱三次，故谓"阳关三叠"。我在此借用"阳关三叠"，是谓余人生三个阶段（职业生涯前、职业生涯中、

274

职业生涯后），而今退出领导岗位，正是"三叠"的开始。我平生喜爱文史哲诗书画。书画，是"阳关三叠"的一个方面；诗词，是"阳关三叠"的另一个方面。记得一次接受采访时，说到海德格尔曾引用过的德国诗人荷尔德林的诗句："诗意人生"。回顾我们过去的奋斗，很大程度上是为他人能够过上诗意的人生。今天，我们终于也可以自己过一个诗意的人生了。今天，名，对我们已经很轻很轻；利，对我们已经很轻很轻。艺术，就是我的第一需要。特别像我等这样的极简主义者，诗书画，就是我的诗意人生。

我最早的诗词创作，可以追溯到小学时代，但都不过是一些顺口溜而已。欣慰的是，养成这个爱好后，诗词就一直伴随着我。后来几十年中，闲来无事就以诗书画为乐，或抒发情怀，或打发时间。特别是我从事了近四十年的金融工作，同诗书画看上去风马牛不相及。但久而久之，我却找到了它们的共同点。如果说金融是利用货币对经济的宏观调控，那么诗书画，就是利用情趣、意境对文字和笔墨丹青的宏观调控。诗，我写旧诗，也写新诗。旧诗既有格律，也有古风；既写诗，也填词。几十年来，算起来也有几千首吧，但大多随涂随丢了。以前我不懂什么平水韵和词林正韵，后来捧着书本学习了一阵，开始不甚熟练，但上瘾学得就快，特别是手机上有了"诗词吾爱"软件后，更方便了学习，并于格律诗和词上都严格按平水韵和词林正韵规范，算是可以拿得出手了吧？

　　　　这次出版的《霜凝诗词选》，除特殊标明外，大多都是退下后写就，大体分为五绝、七绝、五律、七律、词、古风、现代诗等七个部分，另外附录了四首二十世纪六十至八十年代的旧作（后按平水韵和词林正韵修改），算是一段个人诗史的回顾吧。还附了几篇关于诗的随笔，包括《诗的妙用》《李白的悲哀与幸运》《忆周恩来总理诗文》《诗源、诗容、诗魂与诗的当代性》，也算是个人写诗的说明和注释吧。

最后想说的是，诗词，也包括书法、绘画乃至文史哲诸方面，其实都是我的业余爱好。阳关三叠，这些将伴我余生。是为后记。

图书在版编目（CIP）数据

霜凝诗词选 / 霜凝著 . -- 北京：作家出版社，2021.6
ISBN 978-7-5212-1439-0

Ⅰ . ①霜… Ⅱ . ①霜… Ⅲ . ①诗集 – 中国 –当代
Ⅳ . ①I227

中国版本图书馆 CIP 数据核字（2021）第 092016 号

霜凝诗词选

作　　者：霜　凝
责任编辑：宋辰辰
装帧设计：意匠文化·丁乔亮
封面题字：贺敬之
封面用图：霜　凝
出版发行：作家出版社有限公司
社　　址：北京农展馆南里 10 号　　邮　编：100125
电话传真：86-10-65067186（发行中心及邮购部）
　　　　　86-10-65004079（总编室）
E-mail:zuojia@zuojia.net.cn
http://www.zuojiachubanshe.com
印　　刷：北京盛通印刷股份有限公司
成品尺寸：142×210
字　　数：102 千
印　　张：9.5　　　　　　　插　　页：8
版　　次：2021 年 6 月第 1 版
印　　次：2021 年 6 月第 1 次印刷
ISBN 978-7-5212-1439-0
定　　价：68.00 元